TRA GHIACCIO E GIURAMENTI

GHIACCIO CREMISI
LIBRO 2

WILLOW FOX

SLOW BURN PUBLISHING

Pubblicato da Slow Burn Publishing

Cover Design by GetCovers

Edited by Marla VanHoy

Proofread by Jen S. and Ami K.

Tradotto da davide_angelino

INFORMAZIONI SUL LIBRO

Pensavo che la mia famiglia fosse l'unico ostacolo tra noi. Chi avrebbe mai immaginato che Harper avesse un segreto tutto suo...

Se crescere nella mafia mi ha insegnato una cosa, è che tutti hanno scheletri nell'armadio.

Mio padre ne ha sicuramente parecchi, e io stesso sono noto per nascondere un segreto o due.

Ma è il segreto di Harper che arriva come un fulmine a ciel sereno e mi pugnala dritto al cuore...

Tra i miei genitori che pianificano il nostro matrimonio, gli allenamenti di hockey che occupano la maggior parte del mio tempo, e mia sorella minore, Nova, che improvvisamente gironzola troppo spesso per il campus, ho così tante cose da gestire che sento di essere sul punto di crollare.

I miei compagni di squadra sanno bene di non mettersi contro Nova, ma il mio coinquilino, Ashton, si sta comportando in modo maledettamente sospetto.

Forse i suoi affari con mio padre lo hanno finalmente catturato. O forse è solo esausto quanto me.

A dire il vero, è difficile distinguere chi dice la verità e chi sta mentendo, ormai.

Tutto quello che so è che i segreti hanno il potere di avvelenare le cose. E il segreto di Harper potrebbe finire per farci a pezzi...

UNO

HARPER

Dante recupera un fascicolo che teneva sul grembo, nascosto sotto il tavolo. Apre la cartella, il cui contenuto mi fissa dritto in faccia.

L'aria mi sfugge dai polmoni mentre fisso il certificato di nascita.

Nessuno avrebbe dovuto saperlo.

«Hai omesso di menzionare che hai un figlio.»

Lancio uno sguardo a Luca. Non è così che volevo farglielo scoprire. Avevo pianificato di dirglielo quando le cose tra noi fossero diventate serie.

Siamo passati dal pianificare il nostro primo vero appuntamento a un fidanzamento nel giro di una notte. E in qualche modo è tutta colpa mia. Pensavo di aver sentito un cucciolo guaire e ho seguito il suono nel cuore della notte.

A quanto pare, mi sbagliavo.

Non era un animale, ma un bambino di appena otto anni, tenuto prigioniero nel seminterrato dei Ricci.

Da lì, ho commesso l'errore quasi fatale di cercare di aiutare il piccolo a fuggire a piedi, cosa che non ha portato ad altro risultato che farci trascinare entrambi di nuovo nel sotterraneo e quasi uccidere.

Dante, il padre di Luca, mi ha offerto una via d'uscita: sparare a uno dei suoi uomini che lo aveva tradito.

Non sono un'assassina.

Non potrei mai far del male a nessuno, tranne forse per legittima difesa o, suppongo, se qualcuno mettesse le mani addosso a *mio* figlio.

La furia di una madre è inarrestabile.

Dante mi voleva morta. Ha ordinato la mia esecuzione. Era solo ieri sera.

Naturalmente, Luca è intervenuto, il mio proverbiale cavaliere dall'armatura scintillante, in tuta e maglietta, insistendo che ci sposassimo, che avrebbe lavorato per suo padre, e che io sarei stata protetta dalla famiglia.

Ancora non mi va a genio l'idea di sposarmi per protezione invece che per amore, e di entrare a far parte di *questa* famiglia, piena di mostri e assassini.

Ma la mia vita è in gioco, come quella di Luca.

Ho sentito l'ordine, che Ashton Rinaldi aveva il compito di giustiziare sia Luca che me se non avessimo obbedito.

Non posso dire di essere dispiaciuta che Ashton non sia seduto a questa tavola stasera. È andato via presto ed è tornato all'Università di Evergreen.

Avrei voluto tornare anch'io al campus, invece sono costretta ad affrontare i genitori di Luca in carne e ossa e i genitori di Nova, perché lavorano a stretto contatto con i Ricci.

È come una riunione di famiglia, e io sono il piatto principale.

Gli occhi di Luca si stringono, e posso vedere il dolore che ho causato. I suoi occhi grigi turbinano come un cielo di dicembre, pesante di nuvole, con venti turbolenti che soffiano e una tempesta invernale che si prepara.

«Hai un figlio?» sibila, con lo shock evidente sul suo volto.

Il certificato di nascita, un promemoria del bambino che amo disperatamente, per il quale farei qualsiasi cosa per proteggerlo.

Sapevo che questo giorno sarebbe arrivato. Pensavo solo che sarei stata io a spiegare a Luca di mio figlio.

Merita di sentire la verità da me.

«Sì, è vero» dico e annuisco lentamente. Ammettere la verità è l'unica via d'uscita, con tutti gli occhi puntati su di me, come se fossi la cattiva in questa storia.

Nel frattempo, sono seduta a un tavolo con veri criminali, uomini che vivono e respirano per la mafia.

«Si chiama Zeke» dico. Il mio cuore si inonda di calore al solo pensiero di mio figlio. Lo amo più di qualsiasi cosa, più di chiunque. Mi fa male essere separata da lui in questo momento.

«Lo hai dato in adozione?» chiede Luca.

È una domanda legittima. Non ho mai menzionato Zeke a Luca o a nessun altro a Evergreen. Nemmeno la mia migliore amica, Kensley, sa di mio figlio.

Mentre vivo nel campus grazie alla mia borsa di studio, ho dovuto scegliere tra la mia istruzione e crescere mio figlio a casa con i miei genitori e trovare un lavoro subito dopo il liceo.

La decisione è stata presa per me.

Proprio come ogni decisione da quando sono rimasta incinta. Devo mettere mio figlio al primo posto, la mia famiglia al primo posto, e me stessa al secondo o anche al terzo.

«No, vive con i miei genitori» dico.

Luca sposta la sedia dal tavolo e si alza, allontanandosi indignato.

«Luca!» lo chiamo.

«Lascialo andare» ringhia Dante. «Non abbiamo finito.»

Odio vederlo andare via, ancora di più sapendo che sta soffrendo e che io sono la causa del suo dolore.

Avevo intenzione di dirglielo, ma non è una conversazione che viene fuori spontaneamente quando si studia insieme, come amici.

La nostra relazione ha appena scalfito la superficie.

Devo lasciare che Luca sfoghi la sua rabbia. Che altra scelta ho in questo momento?

Se potessi desiderare che tornasse indietro, si sedesse, e ascoltasse mentre gli spiego tutto, sarebbe molto più facile. Ma i suoi passi scompaiono sul pavimento di marmo, e non riesco più a sentirlo in lontananza.

«Cosa vuoi sapere?» chiedo, rivolgendo di nuovo la mia attenzione al padre di Luca, fissando Dante con sguardo penetrante.

Dal momento che ha dissotterrato il mio passato, deve esserci una ragione per cui ha deciso di esporlo.

«Per cominciare, quando avevi intenzione di dirci che hai un figlio?» chiede Nikki. «Hai intenzione di sposare il mio; non pensavi che questa fosse un'informazione importante che, come minimo, lui avrebbe dovuto sapere?» La sua voce si alza, e capisco perché è arrabbiata.

Ma il fidanzamento non è nato per amore; è nato per necessità e sopravvivenza.

«Zeke non vive con me.»

«Ovviamente,» dice Dante, alzando gli occhi al cielo. «Tu vivi nel campus. Abbiamo stabilito che Zeke vive con i tuoi genitori. Lui crede che siano i suoi genitori? Hai rinunciato ai tuoi diritti genitoriali in favore dei tuoi genitori?»

Sono molte domande, e allungo la mano verso il bicchiere d'acqua, sentendomi la gola secca.

«I miei genitori mi stanno aiutando a crescere Zeke.»

«Sembra più che lo stiano crescendo al posto tuo,» commenta Dante.

È un colpo allo stomaco, e lo accetto, perché forse me lo merito. Ogni giorno che non sono con Zeke, mi sento in colpa.

«La mia istruzione è importante per entrambi i miei genitori. Vogliono che io sia in grado di prendermi cura di Zeke da sola dopo la laurea.»

«Quindi, il padre biologico non è presente?» chiede Nikki. «Sul certificato di nascita non è indicato un padre.»

«*Lui* ha rinunciato ai suoi diritti paterni,» dico. «Non ha alcun coinvolgimento con Zeke e non ne avrà mai.»

Dante e Nikki si scambiano uno sguardo. Non sono sicura di cosa stiano pensando.

La tavola è momentaneamente silenziosa. Moreno e Paige siedono più lontano, e Nova è seduta accanto a me, ma a quanto pare, ho lasciato anche lei senza parole. Sono contenta che Moreno non si intrometta, ma allo stesso tempo, mi sento lasciata sola a difendere le mie azioni, che tra l'altro non sono affari loro.

Nova mi tocca il braccio, posandoci sopra una mano. Il suo gesto è confortante, ma non è sufficiente con l'interrogatorio in corso da parte dei genitori di Luca.

Dante dà un'occhiata al certificato di nascita. «In base alla data di nascita, tuo figlio è poco più che un bambino piccolo.»

«Ha due anni,» dico, fissandoli.

«Che tipo di madre lascia suo figlio e se ne va all'università per quattro anni?» La domanda di Dante è fredda, e non posso fare a meno di capire come appaia la situazione.

«La mia borsa di studio mi obbliga a vivere nel campus. Ho provato a ottenere un'esenzione e ho persino richiesto di vivere nel campus in una delle case o appartamenti invece che nei dormitori, ma mi è stato negato perché ho presentato domanda troppo tardi e non avevo i fondi aggiuntivi per coprire le spese supplementari per la richiesta.»

Questo è colpa mia, ma non sapevo neanche della borsa di studio fino all'ultimo minuto. Un segreto che i miei genitori avevano tenuto nascosto mentre decidevano il mio futuro.

«Vivi nei dormitori; non sarà problematico una volta che tu e Luca sarete sposati?» chiede Nikki.

Prendo un altro sorso d'acqua e rimetto giù il bicchiere. «Non abbiamo esattamente discusso della sistemazione abitativa. Il fidanzamento è avvenuto solo ieri sera,» dico e guardo Dante.

Non sono sicura di quanto Nikki sappia di quello che è successo. Luca sembra credere che lei conosca l'intera storia, ma non sono pronta a rivelarla se lei non la sa.

«Dati i requisiti della tua borsa di studio, abbiamo assicurato una proprietà più adatta per tutti voi in cui vivere, che è sempre nel campus. A partire dal primo lunedì di gennaio, la casa sarà vostra. È inclusa una stanza per Nova,» dice Nikki, guardandola, «così come per Ashton e Liam.»

«Grazie,» dice Nova, con gli occhi che si allargano per la gioia. «Potremo vivere insieme,» dice, sorridendomi.

Vorrei essere altrettanto entusiasta, ma sapere che Ashton sarà presente mi preoccupa leggermente. Dopotutto, gli era stato ordinato di uccidere Luca e me.

«E non influirà sulla mia borsa di studio?» chiedo, dovendo sapere che la mia istruzione continuerà. Non ho i fondi per pagare quattro anni di università.

«È considerato alloggio nel campus. Non sei l'unica con una borsa di studio,» dice Nikki. «Quanto alle spese aggiuntive, Dante e io ci occuperemo di quei costi. Come facciamo per nostro figlio, faremo per la nostra nuova figlia acquisita.»

Dante guarda male Nikki, scontento, ma non discute.

«Grazie, è molto generoso da parte vostra,» dico.

Anche se non ho intenzione di accettare i loro soldi, sapere che gli accordi sono già stati presi è un enorme sollievo.

Presto potrò avere Zeke con me.

«E per quanto riguarda il matrimonio, state ancora richiedendo che rimaniamo qui finché non avverrà?» È una richiesta pesante, considerando che io e Luca abbiamo lezione lunedì. Non posso saltare le mie lezioni. Devo mantenere alti i miei voti per conservare la borsa di studio.

Dovrò anche trovare il tempo per ottenere un lavoro part-time mentre cresco Zeke per coprire eventuali spese aggiuntive, il che toglierà tempo ai miei studi.

Sopraffatta è un eufemismo, ma almeno mi sento leggermente fiduciosa. Non volevo vivere nei dormitori.

Mentre Nikki potrebbe offrirsi di aiutare a coprire qualche spesa per l'alloggio, cosa che non le permetterò di fare, accetterò con gratitudine l'opportunità di trasferirmi fuori dai dormitori, lontano da Quinn.

Ma non sarò in debito con Nikki o Dante.

Non ora. Non mai.

Dante e Nikki si scambiano un breve sguardo, e poi lei si sporge, sussurrandogli qualcosa. Spero che sia dalla mia parte. Ho passato del tempo con lei, siamo andate a pranzo insieme, forse può far ragionare suo marito.

Nikki si allontana brevemente, e Dante mi lancia un'occhiataccia.

«Confidiamo che non rivelerai a nessuno il segreto della nostra famiglia, perché metterebbe in pericolo la tua famiglia, incluso tuo figlio, Zeke. Non vorresti far del male a tutti quelli a cui tieni, vero?» minaccia Dante.

«Certo che no,» dice Nikki. «È una ragazza intelligente. Sa che la famiglia viene prima di tutto. Detto ciò, dato che possiamo procurare un alloggio fuori dai dormitori, Zeke vivrà con te, o rimarrà con i tuoi genitori?»

Dante guarda Nikki. «Forse è qualcosa di cui dovrebbe prima discutere con Luca.»

«Per favore,» dico, guardando alle mie spalle nella direzione in cui è scomparso. Voglio parlargli e spiegargli tutto.

Mi perdonerà?

E se non lo facesse, cosa significherebbe per il matrimonio?

I suoi genitori faranno uccidere me e la mia famiglia se non ci sposassimo?

«Dopo cena,» dice Dante mentre il cibo viene portato in tavola.

Guardo la sedia vuota accanto a me.

Luca ha intenzione di saltare la cena?

Non lo biasimerei. Se ne avessi l'opportunità, preferirei restare nascosta da qualche altra parte.

D'altro canto, se fossi in lui, me ne sarei scappata di qui con la macchina. Luca aveva pianificato di riportarmi al campus, ma ora non so quali piani ci attendono.

Nova mi dà una leggera gomitata mentre prende un panino. «Non preoccuparti, Luca starà bene.»

Lui starà bene. Solo che non sono sicura che mi perdonerà.

La cena è tesa, e sono sollevata quando finalmente posso alzarmi da tavola senza essere scortese o rimproverata da suo padre.

«Vuoi che trovi Luca per te?» chiede Nova mentre si alza dal tavolo.

«Lo apprezzerei molto.» Non voglio vagare senza meta per la casa. L'ultima volta che l'ho fatto, sono finita in questa situazione, costretta a sposare Luca.

Il che non sarebbe stato terribile se fossimo usciti insieme per un paio d'anni.

Stavamo appena iniziando a scalfire la superficie, trasformando un'amicizia nascente in qualcosa di un po' più ardente.

Ora, temo che il calore sarà diretto interamente contro di me, non con gesti romantici, ma bruciandomi con la sua rabbia.

Li sento entrambi prima di vederli girare l'angolo.

Gli occhi di Luca sono d'acciaio. La sua espressione è alimentata dalla rabbia mentre porta la sua borsa e la mia.

«Andiamo,» dice e si dirige verso la porta sul retro dove ci aspettano i nostri cappotti e le scarpe.

Non mi preoccupo delle formalità con la sua famiglia. Che senso ha? Infilo i tacchi che scioccamente ho portato con me e mi metto il cappotto, abbottonandolo.

«Ciao,» grida lui da sopra la spalla.

Nikki arriva di corsa nel corridoio, abbracciando suo figlio. Ne dà uno anche a me, ma è un po' più forzato. «Ti vedrò il prossimo fine settimana, Luca,» dice.

«Sì,» mormora Luca, spalancando la porta e uscendo.

Mi affretto a seguirlo, restando due passi indietro. Tra le sue lunghe falcate e i miei tacchi, non sono assolutamente in grado di stargli dietro.

Non si preoccupa di offrirmi il braccio per aiutarmi a mantenermi stabile. Il terreno è morbido per il recente disgelo della neve, e il mio tacco si impiglia nel terreno, facendomi perdere l'equilibrio.

Cado, finendo addosso a lui, e finiamo entrambi a terra.

Impreca mentre atterra faccia a terra sull'erba senza preavviso.

«Mi dispiace.» Mi affretto a scusarmi, ma non credo che servirà. Sono per metà sopra di lui e mi ritraggo mentre lui si mette in ginocchio e poi si alza.

Io sono solo parzialmente coperta di terra ed erba, mentre Luca è un po' più sporco. Ma mi offre la mano, aiutandomi a ritrovare l'equilibrio.

Una volta ripresami, ben salda sull'erba, lui si spolvera via la terra. È fortunato a non essere coperto di fango. Ci sono macchie d'erba, ma solo sul suo cappotto e le ginocchia dei jeans.

«Stai attenta,» dice e mi afferra il braccio, aiutandomi per il resto del percorso fino alla macchina.

Ho la netta sensazione che mi stia aiutando in modo che io non lo travolga una seconda volta.

Quando ci avviciniamo al suo veicolo davanti alla

casa, sblocca l'auto e lancia le nostre borse sul sedile posteriore prima di salire dal lato del conducente.

Mi intrufolo nel sedile del passeggero davanti, chiudo la portiera e aspetto che cominci a urlare contro di me.

Ma non dice nulla.

Almeno non ancora.

Il silenzio è ancora peggiore.

L'aria è carica di tensione e, mentre fuori fa freddo, la macchina sembra a cento gradi. Allaccio la cintura di sicurezza e lui spegne la radio, guidando verso i cancelli in ferro battuto.

Aspettiamo che la guardia ci permetta di uscire.

Lentamente, aprono l'ingresso e Luca schiaccia il piede sull'acceleratore, uscendo di fretta dal vialetto.

Io rimango in silenzio. Non so cosa dire per riparare al danno che è stato fatto.

Riesco a sentire ogni respiro che fa. Sono lunghi, pronunciati e pieni di sospiri, come se stesse combattendo interiormente con se stesso.

Dopo diversi minuti, finalmente raccolgo il coraggio di dire qualcosa. «Posso spiegare?» La mia voce vacilla mentre mi sposto sul sedile.

La sua presa si stringe sul volante, la mascella tesa mentre non si degna nemmeno di guardarmi.

«Spiegare come mi hai mentito. Certo, vai avanti.» Il suo tono è brusco, la sua rabbia inizia a farsi strada.

Mi merito l'ira che sta aspettando di scatenare su di me. Posso sentirla arrivare, pronta ad essere scatenata.

«Quando ero alle superiori, sono rimasta incinta.»

Il suo sguardo vacilla. «Fidanzato o...» Non vuole nemmeno pronunciare la parola.

«Sì, era un ragazzo dell'ultimo anno nella squadra di football della scuola,» dico, come se questo spiegasse perché odio lo sport ed evito gli sportivi.

«Ci sei andata a letto e sei rimasta incinta. Capito.»

È molto più complicato di così, ma ha ragione, è quello che è successo. Emetto un leggero sospiro e inclino la testa all'indietro, fissando il tetto dell'auto.

«Puoi odiarmi quanto vuoi, Luca. Non devi nemmeno sposarmi, ma io ho solo bisogno di sapere che Zeke sarà al sicuro.»

Lui si passa una mano tra i capelli, frustrato, e poi sbatte il pugno sul volante.

«Cazzo!»

Lo guardo, in silenzio, osservandolo crollare a causa mia.

«Mi dispiace,» sussurro.

«Non puoi semplicemente scusarti e pensare che tutto si risolverà.» Mi lancia uno sguardo tagliente e poi torna a concentrarsi sulla strada. Luca si sposta sul sedile e si gratta la mascella. «Cazzo.»

«Forse posso prendere Zeke e lasciare la città per un po'. Non dirò a nessuno perché me ne vado. Il segreto della tua famiglia sarà al sicuro.»

Ride cupamente, e sento i peli delle braccia rizzarsi, come elettricità che vibra nell'aria. «Mio padre non ti lascerà mai scappare e sparire,» avverte Luca. «Ha uomini ovunque.»

«E tu sarai uno di loro,» sussurro, abbassando lo sguardo sulle mie mani in grembo.

Non c'è nessun anello di fidanzamento al mio dito. Sua madre ha menzionato di comprarci le fedi nuziali come regalo se andremo avanti con il matrimonio.

«Non ricordarmi cosa sarò.» La voce di Luca è ruvida, alimentata dall'odio. «Non ho mai voluto lavorare per Dante.» Sbatte di nuovo la mano sul volante, la sua rabbia che trabocca.

«Mi dispiace.»

«Ecco che ti scusi di nuovo.» Non mi guarda nemmeno, ma forse dovrei esserne grata. È meglio che si concentri sulla strada, riportandoci al campus tutti interi.

Il silenzio riempie di nuovo l'auto.

Ripensandoci, la sua riluttanza nel farmi partecipare alla festa di compleanno di Nova improvvisamente ha senso.

«La colpa non è solo mia,» sussurro, trovando il coraggio mentre lo fisso. «Se mi avessi detto che tuo padre è un mafioso, non sarei venuta.»

«Ho cercato di avvertirti!» urla, e sento un brivido attraversarmi.

All'improvviso, non ho più caldo ma un freddo glaciale. Allungo la mano verso la bocchetta e regolo la temperatura dal mio lato dell'auto, cercando di riscaldarmi.

«Beh, avresti dovuto impegnarti di più,» mormoro, abbastanza forte perché mi senta.

«Avresti dovuto dirmi di Zeke!»

Lo fisso con rabbia. «Quando, Luca? Quando sarebbe stato il momento giusto per dirti che ho un bambino di due anni? Che sono una mamma. Che ho già la mia vita pianificata dopo il college e che faccio fatica ad affrontare la giornata perché mio figlio, che avrebbe bisogno di me, viene accudito dai miei genitori.»

«In qualsiasi momento prima di oggi,» sibila. «Abbiamo studiato insieme. Avresti potuto menzionare Zeke allora. O che ne dici durante le lezioni? Avresti potuto mostrarmi una foto di tuo figlio sul telefono. Accidenti, ho persino inserito il mio numero nel tuo cellulare; lui non era nemmeno come sfondo del tuo schermo. È come se stessi cercando di nasconderlo.»

«Non è giusto.» Scuoto la testa, ma forse una piccola parte di me gli crede.

Ho nascosto Zeke a tutti.

Kensley, la mia migliore amica all'Evergreen, non sa di mio figlio.

La mia terribile coinquilina, Quinn; ovviamente non gliel'avrei mai detto.

È un segreto che ho custodito, non per proteggere lui, ma per proteggere me stessa.

Perché credere di poter avere una vita universitaria normale era più facile che affrontare la realtà di essere una mamma adolescente.

La cosa peggiore in tutto questo è stato lasciarlo. «Non volevo nemmeno venire qui,» dico, guardando fuori dal finestrino laterale.

«Allora perché cazzo sei venuta al compleanno di Nova? Ti avevo detto *di non* venire.»

È arrabbiato con me. Non sono sicura che mi perdonerà mai.

«Non parlavo della festa. Intendevo Evergreen,» dico.

Rimane in silenzio. È la prima volta da un po' che sento che mi sta lasciando parlare, o forse ha semplicemente deciso che non gli importa cosa dico, rimarrà arrabbiato con me per sempre.

«Quella borsa di studio, Luca, richiedeva che vivessi nel campus. Volevo fare la pendolare così da poter frequentare il college durante il giorno, e poi tornare a casa per stare con Zeke il più possibile.»

Si muove di nuovo ma non dice nulla.

So che sta ascoltando, anche quando finge di non prestare attenzione. I suoi muscoli si flettono e si contraggono mentre parlo. La tensione lo attraversa, riluttante a lasciarlo.

«I miei genitori hanno deciso per me che sarei venuta qui per studiare.» Non potevano permettersi la retta senza la borsa di studio. Era una situazione di aut aut: frequentare a tempo pieno e vivere nel campus, oppure rimanere a casa, trovare un lavoro e rinunciare alla laurea.

«Non dare la colpa ai tuoi genitori.» Luca mi fulmina con lo sguardo prima di tornare a concentrarsi sulla strada.

Sta facendo buio fuori, e il viaggio di ritorno al campus non è su strade molto trafficate.

«Mi assumo la piena responsabilità di non averti parlato di Zeke,» dico, chiarendo che non sto dando la colpa a loro. Stavo solo cercando di spiegare perché non vive con me e io sono nei dormitori.

Sbuffa a bassa voce, ignorandomi ancora una volta.

Il silenzio riempie l'auto. Allunga la mano verso la radio, decidendo da solo che abbiamo finito di parlare.

Quando si ferma davanti al quad e parcheggia fuori dai dormitori, mi guarda appena. Si sporge sul sedile posteriore e recupera la mia borsa, porgendomela.

Esco dalla macchina, prendo la borsa dalle sue mani, le mie dita che sfiorano brevemente le sue. Lo fisso, ma lui non incrocia il mio sguardo.

Immagino che domani non andremo a quell'appuntamento se non mi guarda nemmeno, figuriamoci parlarmi. «Buona fortuna all'allenamento.» Ricordo che aveva detto ai suoi genitori che domani aveva allenamento di hockey.

«Ci vediamo a lezione,» dice, e mi sento come se avessimo appena rotto dopo un'enorme lite. Tranne per il fatto che non stavamo insieme.

Tecnicamente non siamo niente, eppure siamo fidanzati.

DUE

ASHTON

Che casino colossale. Quello che doveva essere un ritrovo per il compleanno di Nova si è trasformato in me che ricevo l'ordine di sparare al mio migliore amico e compagno di squadra, insieme alla sua fidanzata *finta*.

Mi sdraio sul divano, mi stiracchio e bevo una birra.

Ho bisogno di qualcosa che mi faccia dimenticare quello che è successo questo fine settimana. Per fortuna, sono riuscito a svignarmela prima della loro piccola cena di famiglia.

Non volevo assolutamente restare coinvolto nelle dinamiche della cena dei Ricci. Non ci voleva un genio per capire che l'inferno stava per scatenarsi su Luca e Harper.

In realtà Luca mi piace. Come amico è un'ottima compagnia ed è leale, e come coinquilino tiene in ordine le sue cose. Come compagno di squadra, beh, so di poter contare su di lui sul ghiaccio.

Ma ricevere ordini da suo padre di uccidere il mio amico se Luca non avesse ucciso Harper, insomma, è un dramma di livello superiore.

L'avrei fatto, perché mio padre, Aureilo e Dante sono amici, ma non sono entusiasta di ciò che mi è stato chiesto.

Luca dovrebbe tornare presto, sempre che suo padre non l'abbia ammazzato, e non è un'esagerazione.

Scorro i canali sulla nostra app di streaming e sorseggio una birra.

È sabato sera, si sta facendo tardi, ma dovrei essere a una festa, non qui a rimuginare sugli eventi della serata.

Che casino.

La porta d'ingresso cigola e io guardo oltre la spalla.

A quanto pare Luca Ricci è ancora vivo.

«Immagino che non prenderò il tuo posto sul ghiaccio.»

«Black humor, che carino, ma non sono dell'umore.» La voce di Luca trasuda fastidio e rabbia.

Di solito è così equilibrato, tranne quando si tratta di Harper McKenna.

Mi metto seduto sul divano, butto le gambe di lato e lo guardo, incuriosito. «Il tuo piccolo fidanzamento non sta andando secondo i piani?» Sogghigno, sapendo che lo farà infuriare. Posso percepire la rabbia che ribolle dentro di lui.

«Non grazie a te,» ringhia Luca gettando il borsone sul pavimento. Ci butta sopra anche il cappotto e le scarpe.

Di solito è un po' più ordinato, ma io mi limito a bere un altro sorso dalla mia bottiglia di birra e lo osservo con cautela. «La cena è andata bene, immagino.»

Mi fa il dito medio e si precipita in cucina, premendo l'interruttore della luce sul muro. Apre e chiude il frigo ripetutamente prima di sbattere pentole e padelle.

Mi sta venendo il mal di testa.

«Qual è il tuo problema?» gli urlo alzandomi dal divano.

Cazzo. Mi ero appena messo comodo.

«Tu sei il mio problema,» sibila Luca lasciando cadere la pentola di metallo sul fornello. «Lei è il mio problema.»

A quanto pare ha una lista di chi gli ha fatto un torto.

Non posso dire mi sorprenda essere stato incluso, specialmente dopo quello che è successo ieri sera.

«Non la sposi?» azzardo, un po' sollevato. Odierei vederlo buttare via la sua vita per una ragazza che conosce a malapena. Non posso fare a meno di sorridere mentre bevo la mia birra e osservo la sua frustrazione venire sfogata sulle nostre pentole.

«Ti piacerebbe, vero?» ringhia Luca e si precipita verso di me. «Hai puntato gli occhi su di lei per tutto il semestre, cercando di attirare la sua attenzione.»

Anche se avevo una piccola cotta per Harper quando l'ho conosciuta, mi sono reso conto che Luca era *cotto* di lei, e la sua vena di gelosia non avrebbe aiutato la nostra amicizia o la squadra.

Papà mi ha sempre insegnato a mettere la squadra al primo posto, o forse intendeva la mafia, ma io sto usando questi termini in modo intercambiabile. Per me, entrambi sono sangue, famiglia. D'altra parte, ieri notte ho puntato una pistola contro Luca.

Non mi sorprende che sia incazzato.

«Fidati, non sono io quello interessato a sposarla,» dico.

Ride cupamente.

«Non è quello che hai detto quando l'hai conosciuta.» Mi ricorda le mie parole, quelle in cui giuravo di aver incontrato la ragazza che avrei sposato.

«Beh, mi sbagliavo. Chiaramente, lei ha occhi solo per te. Non intendo competere con questo,» dico. Se cerca uno scontro con me, non glielo darò.

Getta una mezza dozzina di ingredienti nella padella, per lo più verdure e un po' di pollo, e tiene d'occhio il fornello.

«Cosa ti è preso?» chiedo.

«Sul serio?» Il suo sguardo si alza verso di me. «Eri

pronto a seguire gli ordini di mio padre senza nemmeno considerare il nostro legame fraterno.»

«Non prenderla sul personale, mio padre e tuo padre sono amici. Un giorno dirigerò io l'attività, è solo... un ordine.»

«Uccidermi è solo un fottuto ordine?» urla Luca, con gli occhi spalancati, e non sono sicuro che non mi lancerà la padella addosso. Almeno il cibo non è ancora bollente. La padella, però, non ne sono completamente sicuro. Faccio un passo indietro.

Posso vedere in lui la rabbia di suo padre.

«Sarai un buon don,» dico, sperando di allentare la tensione.

«Non voglio essere un cazzo di don!» Luca afferra il coltello più vicino dal bancone e me lo lancia contro.

Mi abbasso giusto in tempo mentre mi sfreccia accanto e si conficca nel muro. Mi avrebbe colpito all'occhio o forse alla fronte. Non ha mirato male.

«Penso che non riavremo indietro la cauzione,» scherzo, cercando di sdrammatizzare la situazione.

Prima di avere il tempo di sentire la sua risposta, mi

ritiro indietro uscendo dalla cucina, non aspettando che il secondo coltello colpisca.

«Stronzo,» mormoro.

«Ti ho sentito!» mi urla Luca.

«Bene, era intenzionale.» Mi lascio cadere sul divano, cercando di rilassarmi, ma sembra quasi impossibile quando il mio telefono squilla. Non riconosco il numero, quindi mando la chiamata alla segreteria.

Un secondo dopo, vibra con un messaggio dallo stesso numero sconosciuto.

Sono Dante. Rispondi al dannato telefono.

Perché diavolo mi sta chiamando e scrivendo il padre di Luca? Guardo Luca, che è ancora occupato in cucina, e decido di prendere la chiamata nella mia camera.

Il mio cellulare squilla di nuovo e questa volta rispondo alla chiamata proprio mentre entro nella mia stanza, chiudendo la porta dietro di me. «Sì, signore. Cosa posso fare per te?»

TRE

HARPER

Mi dirigo a lezione e passo accanto a Kensley mentre vado a Economia 101. Non abbiamo corsi insieme questo semestre, ma pranziamo insieme quasi ogni pomeriggio.

«Non rispondi ai miei messaggi,» dice Kensley con uno sguardo giocosamente severo.

Metto la mano in tasca e do un'occhiata al mio telefono. «Non mi hai mandato niente.» Le mostro il telefono e la mancanza di messaggi da parte sua.

Me lo strappa dalle mani e si ferma fuori. Lei deve andare verso est poiché ci dirigiamo in edifici diversi. «Strano. Forse dovresti riavviare il telefono.»

È passato un po' di tempo dall'ultima volta che ho riavviato il telefono. «Ci proverò,» dico mentre lo spengo, mettendolo in tasca nel frattempo.

«Pranziamo insieme più tardi. Solita ora?» chiede, come se l'avessi evitata, cosa che non ho fatto.

Anche se non le ho mandato messaggi questo fine settimana. Ero occupata a gestire le conseguenze della festa di compleanno di Nova.

Domenica, l'ho passata oziando, cercando di non farmi prendere dal panico quando ho chiamato i miei genitori e non ho nemmeno avuto il coraggio di dire loro che avevo un *finto* fidanzato, figuriamoci un promesso sposo.

Come farò a dire a Kensley che sono fidanzata?

Non ci crederà mai. Mi sta intorno da abbastanza tempo per notare che Luca e io non siamo costantemente appiccicati.

Un matrimonio sarebbe assolutamente folle.

«Certo, pranzo più tardi.» Forzo un sorriso. Ho così tante cose che vorrei dirle, ma non so come fare. L'ultima cosa che voglio è mettere in pericolo anche la sua vita.

Attraverso le pesanti porte di legno ed entro nell'aula magna. Non c'è traccia di Luca. Di solito arriva dopo e sceglie di sedersi accanto a me.

Qualcosa mi dice che oggi sceglierà un posto diverso.

Mi siedo al mio posto abituale, apro il computer portatile e prendo gli appunti più recenti, ripassando le lezioni. La maggior parte ha poco senso quando li rivedo, finché Luca non mi aiuta a districare le informazioni.

È un bravo insegnante.

E un amico davvero straordinario.

Ma non si presenta a lezione. Prendo il telefono, lo riaccendo e mando un messaggio a Luca.

Dove sei?

Vedo che ha letto il mio messaggio, ma non risponde.

E non si presenta nemmeno a lezione. Mi sta evitando, o c'è qualcos'altro che non va?

Dopo la lezione, cammino da sola verso il corso successivo dall'altra parte del campus. Odio ammettere quanto mi senta sola senza Luca che cammina con me. Aiutava sempre a far passare il tempo, ed è davvero una buona compagnia.

Almeno la lezione passa velocemente e, a differenza di economia in cui sono completamente negata, il corso di inglese è una facile A per me. Dopo aver finito, passo a prendere il pranzo con Kensley e recupero il telefono dalla borsa.

Ancora nessun messaggio da Luca. E nemmeno da Kensley, il che è strano.

«Ho tenuto un tavolo per noi,» dice facendomi cenno. Ha già preso un panino. Lascio il mio zaino e mi metto in fila per prenderne uno anch'io.

Ashton si precipita dietro di me, assicurandosi di affrettarsi prima che qualcun altro prenda il posto direttamente accanto a me. «Ehi, sconosciuta,» dice con un sorrisetto.

Lo squadro, incerta su cosa diavolo stia facendo.

«Sto solo prendendo il pranzo,» dice, notando chiaramente il mio sospetto.

«Luca non era in classe oggi. Va tutto bene?» chiedo. Ordino un panino e aspetto che la ragazza dietro il bancone lo prepari per me.

«Non lo so. L'altro giorno mi ha lanciato un coltello. Domenica, non mi ha rivolto una parola durante l'allenamento. Voi due state bene?» chiede Ashton.

Non l'ho mai sentito informarsi su Luca e me. Dopo quello che è successo sabato a casa dei Ricci, esito a condividere molto. Ma lui sa cosa sta succedendo, e dato che non posso dirlo a Kensley, forse confidarmi con lui è la seconda opzione migliore?

«Non credo,» dico. Prendo un pacchetto di patatine e aspetto che Ashton prenda il suo panino prima che entrambi ci dirigiamo alla cassa per pagare.

«Ripensamenti sulle tue scelte?» chiede Ashton.

Apro la bocca ma la richiudo. Non sono sicura di cosa stia dicendo, ma non mi fido completamente di lui. Non dopo quello che è successo nel fine settimana. «Diciamo che Luca e io non ci parliamo.»

Ashton e io paghiamo i nostri pasti, e lui cammina con me verso il tavolo che Kensley sta tenendo per noi.

«Perché tu e Luca non vi parlate?» chiede Ashton, in attesa della mia risposta.

Sta chiaramente cercando di ottenere informazioni. Solo che non sono sicura del perché.

È per semplice curiosità o per qualcosa di più sinistro?

Mi siedo al tavolo, e lui decide di unirsi a noi, non invitato. «Sono Ashton,» dice, posando il suo vassoio e porgendo la mano per presentarsi formalmente.

Kensley sta già divorando il suo panino e lo appoggia, poi si pulisce le mani sul tovagliolo prima di stringere la sua mano. «Kensley,» dice. «Scusa, mi hai proprio colta alla sprovvista. Non mi aspettavo nuovi amici. Ma va bene così.»

Kensley ha gli occhi spalancati e sta cercando di capire cosa stia succedendo.

«Io e Kensley ci siamo conosciute la prima settimana al campus,» dico. «Conosco Ashton tramite Luca. Sono coinquilini.»

«Tu hai conosciuto prima me,» dice Ashton, con un sorrisetto.

Si sbaglia. Ho incontrato prima Luca, ma tecnicamente Ashton mi ha invitata a uscire per primo. Non glielo dico, non è qualcosa che deve sapere. Inoltre, probabilmente mi si ritorcerebbe contro con Luca.

«Stai flirtando con me?» chiedo, cercando di disarmare qualunque cosa stia tramando.

Ashton si agita rapidamente a disagio sulla sedia. «No,» dice e rivolge la sua attenzione a Kensley, come se lo avessi appena insultato.

«Allora, com'è andato il tuo weekend?» chiede Kensley. «Non mi hai mai chiamato per dirmi come è andata quella uscita con Luca.»

«Non c'è stata nessuna uscita,» dico e abbasso lo sguardo sul mio cibo, come se fosse la cosa più interessante del mondo. Do un morso e spero che Kensley non chieda altro.

Non sono così fortunata.

«L'allenamento di hockey si è messo di mezzo?» chiede.

«No, sono stata io,» dico e lancio un'occhiata ad Ashton.

Luca e io non ci parliamo da sabato sera, quando mi ha riportata a scuola. «Luca mi sta ignorando,» dico.

Kensley fa una smorfia. «Cosa hai fatto?» chiede, sporgendosi in avanti, completamente assorta nella mia inesistente vita amorosa.

Ashton mi osserva, e il suo sguardo dice più di qualsiasi parola. Sta aspettando di vedere se crollo e rivelo la verità sulla famiglia Ricci.

Non lo farò. Tra l'altro, non mi interessa nemmeno che siano mafiosi. Quella è a malapena una notizia. La storia più grossa è che hanno rapito un bambino, e ho passato tutta la domenica cercando di scoprire chi fosse il piccolo, ma non ho trovato nulla... fino a quando non ho visto il telegiornale.

Un'esplosione aveva distrutto la casa di un importante uomo d'affari e della sua famiglia, inclusi, credevano, suo figlio e i genitori. Le loro foto sono state trasmesse su tutti i notiziari, compresa una fotografia del bambino.

Ovviamente, il bambino non era morto, e anche se ora avevo un nome, cosa potevo fare? Mi sarei solo fatta uccidere.

Il mio piano era di parlarne con Luca quando l'avessi visto, fargli fare domande a suo padre quando andrà a trovarlo il prossimo weekend, e forse avremmo potuto trovare un modo per assicurarci che il bambino fosse al sicuro e libero.

«Harper?» Kensley dice il mio nome e schiocca le dita davanti alla mia faccia quando non le rispondo abbastanza velocemente. «Cosa hai fatto per far arrabbiare Luca?»

«Gli ho nascosto qualcosa,» sussurro.

Kensley guarda da me ad Ashton.

«Sono sicura che Ashton può parlare con Luca. Insomma, hai detto che siete coinquilini.» Kensley lo sta chiedendo per me, il che è dolce, ma non ha idea di quanto sia profonda questa storia e che parlare non sistemerà il quadro più ampio.

Non è nemmeno a conoscenza del quadro più ampio, ovvero che dobbiamo sposarci, e presto.

Non posso mentire a Kensley, quindi non menzionare il matrimonio sembra la scelta migliore.

«Beh, sono sicura che qualunque cosa fosse, la supererà. Se no, ci sono altri ragazzi qui in Università,» dice Kensley. «Voglio dire, sono sicura che il tuo coinquilino sia un bravo ragazzo e tutto il resto, ma se non è il tipo che perdona, forse Ashton può aiutarti a conoscere un altro bravo ragazzo. Sono certa che conosce molti giocatori di hockey.»

«Non frequenterò un altro atleta,» dico e alzo la mano per fermarla. «Non frequenterò nessun altro.»

«Va bene, allora sarà castità. Posso procurarti un coniglietto giocattolo,» dice Kensley, e non sono sicura se stia scherzando.

«Sto bene così, grazie.»

«Oh, hai più ricevuto quei messaggi?» mi chiede di nuovo Kensley.

Le mostro il mio telefono. «Nulla.» Non ci sono messaggi persi o anche messaggi già letti da parte sua.

«È strano,» dice Kensley. Mi mostra il suo telefono, e tutti i messaggi sono arrivati sabato mattina e mostrano *letto*.

«Non avevo il telefono con me quando hai inviato questi messaggi,» dico, notando l'ora e le conferme di lettura sul suo telefono. Sono arrivati tutti quando ero a pranzo con Nikki e avevo accidentalmente dimenticato il mio telefono.

Ha letto Luca i miei messaggi?

O è stato Dante?

I messaggi non contengono nulla che possa destare sospetti o rivelare che Luca ed io non abbiamo ancora avuto un vero appuntamento.

Ma la violazione della privacy mi pesa sullo stomaco.

«Sembra che qualcuno abbia letto e cancellato i miei messaggi. Tu ne sai qualcosa?» chiedo, fissando Ashton, supplicandolo di dirmi tutto. Era a casa con Luca. Sicuramente sa qualcosa.

«No.» Ashton alza le spalle con noncuranza.

Perché mi aspettavo che fosse d'aiuto?

Finiamo il pranzo, e Kensley prende il suo zaino e mi lancia un'occhiata da sopra la spalla mentre usciamo. «Stasera vieni da me. Possiamo giocare a qualcosa dopo cena.» Non me lo sta davvero chiedendo, vuole solo passare del tempo insieme, e io l'ho trascurata tutto il fine settimana.

«È un appuntamento.»

Ashton è proprio accanto a me e si china sussurrando: «Non far sentire a Luca che dici così, diventerà sicuramente geloso.»

Fulmino Ashton con lo sguardo. «Non hai qualche altro posto dove andare?»

«Non essere sgarbata!» dice Kensley stringendo le labbra. «Sei il benvenuto se vuoi unirti a noi. Vorrei davvero giocare a D&D se Harper farà da master, e il gioco non è divertente con solo due persone.»

Kensley mi sta guardando in quel modo, come se mi stesse implorando. «Abbiamo davvero bisogno di tre o quattro persone per renderlo divertente,» le ricordo.

«Non mi farei vedere manco morto a giocare a *quel* gioco,» borbotta Ashton. «Ho una reputazione da mantenere, ma voi ragazze dovreste venire da noi stasera e possiamo trovare qualcos'altro a cui giocare.»

Lo guardo, non sicura di cosa stia insinuando. So che Ashton è un donnaiolo, e se sta suggerendo qualche gioco sessuale perverso con Kensley o me, lo prenderò a calci nelle palle.

«Abbiamo Catan, Dominion, un sacco di altri giochi non da festa. Odio quei giochi di carte del cavolo,» mormora.

«Probabilmente perché sei scarso,» ribatte Kensley.

Non posso fare a meno di ridere, godendomi il fatto che stia punzecchiando Ashton.

«Devo andare a lezione,» dice Kensley. «Ma mandami l'indirizzo via messaggio e possiamo stare tutti insieme stasera, va bene.»

Il mio stomaco fa una capriola all'idea di passare il tempo a casa di Ashton. «Luca ci sarà?»

Lui non vuole vedermi. Almeno questo è quello che posso presumere, dal momento che non risponde ai miei messaggi e non si presenta a lezione.

Mi sta evitando.

Forse sarebbe bene vederlo, provare a parlargli e capire le cose. Se non per me, almeno per Zeke.

Ashton alza le spalle. «Non sono la sua babysitter. Venite o no?»

«Non hai allenamento stasera?»

«Ci incontriamo in palestra tra un'ora, ma dopo cena siamo liberi. Venite verso le sette di stasera.»

«Ci saremo,» conferma Kensley mentre si affretta verso la lezione.

Guardo Ashton, mordendomi le labbra mentre camminiamo. Io torno ai dormitori per studiare, non sono sicura dove stia andando lui, ma mi sta seguendo.

«Cosa?» chiede, percependo che ho qualcosa da dire.

«Davvero non vuoi dirmi come sta Luca?»

Ashton esala pesantemente e si guarda intorno. Siamo solo noi due sul marciapiede, nessuno a portata d'orecchio se è questo che lo preoccupa. «Non so cosa ci sia da dire. È incazzato nero.»

«Con me,» dico, senza davvero domandarlo.

«Con te, con l'universo. Nemmeno io sono il suo più grande fan in questo momento, a quanto pare. Mi ha lanciato un coltello sabato quando è tornato a casa.»

«Cazzo.» Mi si blocca il respiro in gola mentre smetto di camminare e lo guardo. «Stai bene?»

Ashton sorride radioso. «Sto bene. So come schivare. Lui, però, chiaramente non sta bene. Tu e lui dovete chiarire le cose. Hai già detto ai tuoi genitori?»

La sua domanda mi coglie del tutto impreparata, e mi allontano, continuando verso i dormitori.

Ashton fa due passi veloci per raggiungermi.

«Perché mi stai chiedendo dei miei genitori?» Brividi mi corrono lungo la schiena, e mentre fa freddo fuori e la leggera brezza mi solletica la pelle, questa sensazione è sotto la mia giacca.

«So del weekend in cui porterai i tuoi genitori a conoscere i suoi. Avete un matrimonio da organizzare, dopotutto,» dice e mi dà una leggera gomitata.

«Vaffanculo.» Accelero il passo, i dormitori già visibili in lontananza.

Perché sta ancora camminando con me? Il suo alloggio è nella direzione opposta, e non c'è motivo per cui avrebbe dovuto parcheggiare fin qui, ammesso che abbia un'auto. Non l'ho mai visto guidare.

«Sto cercando di aiutarti,» dice Ashton. È più alto di me, le sue lunghe gambe avanzano senza sforzo per tenere il mio passo.

Essere di altezza media fa schifo in questo momento. Non me n'è mai importato più di tanto, ma mi irrita quanto facilmente cammini al mio fianco mentre io sento di dover quasi correre per allontanarmi. «Non ho bisogno del tuo aiuto.»

«Va bene,» dice Ashton e smette di camminare.

Si sta finalmente arrendendo?

«Ci vediamo stasera,» mi grida mentre continuo ad affrettarmi verso i dormitori.

«Certo, va bene, come vuoi!» gli grido in risposta.

Ha ragione, però, almeno sulla parte riguardante i miei genitori. Devo contattarli, e non solo per fare una piacevole chiacchierata.

Ma come farò a dare loro la notizia del mio fidanzamento quando non sanno nemmeno dell'esistenza di Luca?

Saranno così arrabbiati e delusi.

Forse potrei aspettare a parlare del matrimonio imminente e limitarmi all'essenziale, almeno finché possibile. Se riuscissi a far capire loro che Luca è un bravo ragazzo, sempre che lui sia disposto a stare al gioco, potremmo avere una bella cena con entrambe le nostre famiglie.

A chi voglio darla a bere?

Una bella cena di famiglia non includerebbe la mafia.

Kensley ed io ci dirigiamo verso l'appartamento di Luca e Ashton per la serata giochi. Kensley ha una borsa a tracolla piena di giochi.

Mi sento impreparata, visto che non ho portato niente con me. Non è che abbia una pila di giochi da tavolo nel mio dormitorio, cosa che, a quanto pare, Kensley tiene riposti sotto il suo letto.

Busso alla porta d'ingresso, aspettando che Ashton ci faccia entrare.

Tremando per il freddo, rimetto le mani in tasca per riscaldarle.

Luca spalanca la porta, ci fulmina con lo sguardo, e poi ce la sbatte in faccia.

«Stronzo!» grida Kensley.

Si sente un brusio di voci dall'altra parte. Chiaramente, Ashton e Luca stanno litigando, probabilmente a causa mia.

Qualche secondo dopo, Ashton spalanca la porta e si fa da parte. «Scusate. Il mio coinquilino si è svegliato dal lato sbagliato del letto questa settimana.»

Luca sta guardando male prima me e poi Ashton. «Che succede?» chiede, notando che non sono solo io a presentarmi, ma anche Kensley.

«Serata giochi!» dice Kensley, sorridendo. Solleva la sua borsa di giochi da tavolo assortiti. Giuro che sta cercando di alleggerire la tensione. È una buona amica, devo dargliene atto. E non sa nemmeno perché le cose sono così tese tra me e Luca in questo momento.

«Hai invitato *lei*?» geme Luca, indicandomi.

Ashton ci fa cenno di entrare in soggiorno, e per tutto il tempo, Luca fissa Ashton, non nascondendo affatto la sua disapprovazione. «Ti ammazzo,» mormora a bassa voce.

«Ne dubito.» Ashton sorride con un po' troppa sicurezza, e Luca gli si avventa contro, afferrandolo per il bavero.

«Ti faccio fuori, Ash,» ringhia Luca.

Ashton non reagisce. Si stanno azzuffando, senza scambiarsi pugni, almeno non ancora, ma Ashton fa cadere Luca a terra e Luca lo trascina giù con sé.

«Basta!» grido ai due che sono a terra.

Luca brontola e allenta la presa su Ashton, alzandosi e facendo un passo indietro. Si passa una mano tra i capelli, e posso vedere la nebbia di confusione nel suo sguardo, come se non fosse sicuro di cosa l'abbia spinto ad aggredire il suo amico.

«Kensley, puoi preparare un gioco con Ashton?» chiedo mentre afferro il braccio di Luca, trascinandolo lungo il corridoio.

«Lasciami,» brontola Luca, liberandosi dalla mia presa, ma acconsente, conducendomi nella sua camera da letto.

Entro per prima, lui subito dietro, e poi sbatte la porta facendo tremare le pareti.

QUATTRO

LUCA

Che diavolo ci fanno Kensley e Harper qui stasera?

I pensieri che mi attraversano la mente mi riempiono di rabbia sfrenata. È stata insieme ad Ashton?

Da quanto tempo?

È chiaro che *lui* l'ha invitata con la sua amica.

«Che ci fai in giro con *lui*?» Faccio fatica a non urlare contro Harper, perché è tutto quello che vorrei fare.

Gridarle addosso.

Pretendere che mi dica perché mi ha mentito.

E costringerla a confessare tutti i suoi segreti, perché se mi ha nascosto Zeke, cosa altro mi sta nascondendo?

«Da quanto tempo tu e Ashton vi frequentate?»

Lei sbuffa e indietreggia, ma ha la schiena contro la porta. Non ha dove andare, nessun posto dove scappare. Anche se ci provasse, la troveremmo. La mafia non le permetterà di fuggire dopo tutto ciò che ha visto.

È un rischio.

E i problemi vengono eliminati.

«Non vado a letto con il tuo amico,» dice Harper.

Mi avvicino, fissando il suo sguardo cupo, cercando di capire se mi sta mentendo.

Ma non sono un interrogatore.

Non sono nemmeno riuscito a capire quando mi ha nascosto la verità su Zeke. Come diavolo lavorerò per la mafia se non so distinguere i segreti dalla verità?

La mia mano le accarezza la guancia, tenendole il viso rivolto verso di me, fulminandola con lo sguardo. «Dimostralo,» sibilo.

Le sopracciglia si aggrottano mentre riflette su come rispondere. «Non posso. È impossibile.»

Il calore tra noi riempie il piccolo spazio, e il mio cuore batte selvaggiamente nel petto.

Non bacerò Harper McKenna.

Le sue labbra sono voluttuose e piene. Un soffio d'aria le sfugge, e io mi avvicino, dimezzando la distanza, ma aspetto, e come una banda elastica, vengo strattonato indietro verso la realtà.

«Mi hai mentito. Come posso crederti adesso?» esigo. Una mano le accarezza la guancia, l'altra la intrappola contro la porta, impedendole di andarsene.

«La fiducia funziona in entrambe le direzioni, Luca.» La sua voce è dolce, piena di calore. Sostiene il mio sguardo, senza temermi.

Dovrebbe avere paura.

Sono il figlio di Dante Ricci.

Le sue mani sono sui miei fianchi, il suo tocco è deciso ma gentile, le dita che sfiorano l'orlo della mia maglietta. Accende un fuoco dentro di me, che mi fa desiderarla.

«So che mi odi,» dice Harper. «Posso conviverci, ma condanneresti mio figlio a morte?»

Mi tiro indietro.

Suo figlio.

Zeke.

Ho bisogno di spazio per respirare.

Aria.

Mantengo la distanza tra noi e indietreggio barcollando verso il letto, crollando sul bordo mentre le ginocchia cedono e faccio fatica a restare lucido.

Harper mi osserva, ma non si avvicina. «Anche tu mi hai mentito,» dice, con voce calma, ma sento il tradimento. «Questo non sarebbe successo se avessi saputo la verità sulla tua famiglia.»

«Mi stai dando la colpa.» Il mio sguardo scatta verso di lei. «Sei stata tu a intrufolarti nel seminterrato e a liberare quel ragazzo. Hai quasi fatto uccidere entrambi noi!»

Non posso ammettere che solo lei ha quasi rischiato di essere uccisa e che sarei stato costretto a premere io il grilletto.

Ho giurato che non sarei mai diventato come mio padre.

Se lei muore, io muoio.

Ma questa non è una stronzata alla Romeo e Giulietta.

In questo momento, non mi piace nemmeno. E sono abbastanza sicuro che Romeo amava Giulietta.

Quanto è tragico?

Io, costretto a sposare una ragazza che non amo per proteggerla. Ma non la amo.

Inclino la testa all'indietro, fissando il soffitto, e sospiro. Avrei davvero voluto che ci fosse una partita di hockey stasera. Mi farebbe bene un po' di tempo sul ghiaccio. Sollevare pesi non è bastato a dissipare l'energia in eccesso che lei sta accumulando dentro di me.

«Cosa facciamo per la cena del prossimo fine settimana?» chiede Harper.

«Annulliamo. Non metterai più piede in quella casa» dico. Finirebbe solo per farsi ammazzare.

«Non credo che i tuoi genitori accetteranno semplicemente che il nostro fidanzamento sia finito» dice Harper. «Hanno minacciato mio figlio, Luca. Forse a te non importa cosa gli succede, ma a me sì.»

«Non è giusto» ringhio verso di lei e balzo giù dal letto. Sono a pochi centimetri dal suo viso, e posso sentire il suo respiro accarezzarmi la guancia.

Il mio corpo la desidera mentre mi avvicino, ma la mia mente sa che è meglio di no.

Se ci fosse un altro modo per uscire da questo pasticcio, lo coglierei al volo.

Sposare Harper non sarebbe la cosa peggiore del mondo se non avesse un figlio. Ma mettere la vita di Zeke nelle mie mani è pericoloso.

Quando mi ordineranno di uccidere degli uomini, come posso evitare di diventare l'uomo che disprezzo più di tutti? Non voglio questo per suo figlio.

«Dimmi cosa dovrei fare, Luca.» La sua voce è dolce e piena di preoccupazione. La sua fronte è solcata dall'ansia. «Me ne andrei da qui, porterei Zeke con me, ma hai detto che non c'è nessun posto dove potrei andare senza che la tua famiglia mi trovi.»

Ha ragione; non c'è via di fuga che non finisca con noi due sepolti due metri sotto terra.

Controvoglia, le prendo le mani. Le sue dita sono fredde, e percepisco un leggero tremore mentre intreccio le nostre dita insieme. «Mettiamo su uno spettacolo, per i tuoi genitori, per i miei. »

«Sei disposto a farlo, per me?» chiede Harper.

«Ti ho detto che ti avrei protetta, e questo significa anche tuo figlio.»

Siamo fuori dalla stanza del dormitorio di Harper, lei ha lo zaino su una spalla e un borsone in mano.

«Niente Quinn oggi?» chiedo, notando che la sua coinquilina non è in camera. Sono più che sollevato. Dopo che Quinn praticamente mi ha aggredito alla porta d'ingresso, mi ha appiccicato le labbra addosso e mi ha fatto finire nei guai con Harper, non voglio incrociare quella succube.

«Non l'ho vista negli ultimi due giorni. È passata dalla stanza; ha lasciato alcune cose sul letto prima, ma immagino che abbia trovato un nuovo ragazzo con cui accoppiarsi. Forse finalmente va a dormire a casa sua!»

Sembra una buona notizia per lei. Spero che continui così per entrambi questa sera.

«Sei pronta per andare?»

«Sì, ho tutto, incluso un cambio di vestiti.» Mi mostra il borsone che ha in mano.

«Cosa? Non hai bisogno di tutto questo, Harper. È solo una cena.»

«Tu passerai il weekend dai tuoi genitori. Ho pensato che dato che sarai tu a riportami a casa, dovrò fermarmi anche io.»

Assolutamente no.

«Ti riporterò al campus dopo cena.»

«Sono altre due ore di viaggio tra andata e ritorno» dice Harper. «Se davvero non vuoi che rimanga a dormire, prenderò l'autobus.»

«Non so quanto durerà la cena, e non c'è nessuna possibilità che tu salga da solo sull'autobus a mezzanotte. Ti accompagnerò io» insisto.

Mentre il sistema di autobus da Breckenridge a Evergreen è relativamente sicuro, non mi fiderei a far viaggiare Harper da sola dopo le dieci di sera. Ci sono alcuni tipi loschi nella nostra città, e una donna sola? Non posso assolutamente concepirlo.

«Va bene.» Lascia cadere il borsone accanto al suo letto. «Immagino che non avrò bisogno nemmeno dei miei libri, se non resto con te questo fine settimana.» Ma esita prima di lasciare la sua borsa. «Anzi, meglio portarli, giusto per sicurezza.»

«Giusto per sicurezza, cosa?» chiedo. Si rifiuta di rinunciare ai suoi libri. È perché sta ancora avendo difficoltà con economia? Una settimana senza studiare insieme, e sembra già un po' stressata. O forse è la serata di stasera che la preoccupa.

«Non avrai bisogno dei libri, Harper. Lasciali qui.»

Lei sospira e posa lo zaino sul letto. «Devo davvero studiare. Abbiamo un test la prossima settimana, e sarò completamente fregata.»

«Che materia?» chiedo.

Mi lancia un'occhiataccia. «Economia. Non presti più attenzione quando siamo in classe? Il professore ha detto che abbiamo un test in arrivo, e che sarà sulle lezioni della settimana scorsa.»

In realtà non ho mai prestato attenzione in quel corso. La tensione tra noi è migliorata un po' negli ultimi giorni. Mentre avevo saltato economia all'inizio della settimana, dopo la nostra piccola chiacchierata nella mia camera, ho ceduto e mi sono presentato in classe nei giorni successivi.

Onestamente, non è che io abbia bisogno di frequentare davvero. Potrei dare un'occhiata al libro o semplicemente ricordare tutto quello che ho imparato alle superiori. I concetti sono tutti gli stessi, nulla è cambiato. Non sto certamente imparando niente di nuovo.

Almeno mi è facile ottenere un buon voto.

Non ho passato del tempo da solo con Harper, il che significa niente sessioni di studio ultimamente. Non ho avuto voglia di essere particolarmente disponibile con lei. Dopotutto, la sto già tenendo in vita. Non è abbastanza?

Ma vedendo l'espressione preoccupata sul suo viso e il fatto che sta diventando un mio problema, ho bisogno che mantenga i suoi voti in modo che possa conservare la sua borsa di studio.

«Non posso studiare questo weekend, a meno che non sia domenica sera dopo il mio ritorno al campus. Non sono nemmeno sicuro a che ora tornerò a casa.» Non voglio restare per il fine settimana, figuriamoci imparare qualcosa sull'attività di mio padre.

È un assassino.

Cosa c'è da sapere?

Ci dirigiamo verso la macchina e saliamo. Lei si allaccia la cintura e poi mi guarda. «Com'è andata la partita ieri sera?»

«Bene.» È l'unica cosa che mi fa venire un sorriso genuino. «Mi piacerebbe che fosse stasera così non dovremmo fare il viaggio questo weekend,» ammetto.

La maggior parte delle nostre partite di hockey si giocano il venerdì e il sabato, il che, durante la stagione, mi risparmia del tempo lontano da mio padre. Se avessimo giocato giovedì, sarei stato costretto a trascorrere da venerdì sera a domenica sotto il tetto di mio padre.

Almeno giocando venerdì si elimina uno di quei giorni, e le partite del sabato fanno sì che non debba presentarmi quel fine settimana.

Non potevo essere così fortunato oggi.

«Ho sentito che avete vinto,» dice Harper.

La guardo, sorpreso che ne sappia qualcosa. Giura di odiare l'hockey, ma l'ho beccata una volta a una delle mie partite. Continuo a sperare che si presenti di nuovo.

«Sì. Come ho detto, è andata bene.» Sorrido, radioso.

Ho segnato due gol, il che l'ha resa davvero spettacolare dopo la settimana precedente in cui ho combinato un casino.

«Nessun minuto in punizione?» chiede, guardandomi.

Un sorriso malizioso si allarga sul mio volto. «Non ho detto questo.»

Harper ride, e per la prima volta in una settimana, sembra che forse possiamo superare questa situazione di stasera.

«Quando verrai a vedermi giocare?» La guardo, sperando che si presenti la prossima settimana. Sarà un'altra partita del venerdì, il che è un peccato perché dovrò passare il sabato e la domenica al complesso di famiglia, ma so cosa mi aspetta.

«L'hockey è noioso, Luca.»

Dovrei essere offeso. «Non ti piace vedere i ragazzi che combattono sul ghiaccio?» La mia attenzione è sulla strada, ma vorrei che fosse su di lei. Il fatto che stia anche solo chiedendo dell'hockey mi riempie di curiosità e di un tepore piacevole.

È questo il suo modo di cercare di fare pace dopo tutto ciò che è successo?

«Non mi piace preoccuparmi che tu possa farti male,» dice.

Il mio sguardo incrocia brevemente il suo prima che io torni a concentrarmi sulla strada. «Non devi preoccuparti per me, Harper. So badare a me stesso sul ghiaccio. Gioco da anni.»

«Lo so,» dice guardando fuori dal finestrino. «Semplicemente non voglio vederti farti male.»

«Prima di conoscerci, ti piaceva vedere i ragazzi battersi sul ghiaccio? Molte ragazze lo trovano eccitante.» Il numero di puck bunnies che ci seguono da una partita all'altra è impressionante.

«Scusa, non sono una di quelle ragazze che sbavano per i ragazzi che si menano. Non mi piacciono nemmeno la boxe o l'MMA.»

Giusto. Sono contento che non sia avida del dolore altrui.

Il silenzio riempie l'auto, e lei si sposta di nuovo, le mani che tamburellano nervosamente sul grembo. «Dovresti sapere, Luca, che non ho menzionato il fidanzamento ai miei genitori.»

Beh, questo renderà le cose maledettamente imbarazzanti quando i miei genitori lo tireranno inevitabilmente fuori. «Perché no?»

Harper si sposta sul sedile e sospira. «Non c'è alcuna

possibilità che avrebbero accettato di venire stasera se avessi detto loro che sono fidanzata.»

«Anche se avessi menzionato che è il ragazzo più straordinario che tu abbia mai incontrato?»

Lei ride e sorride. «È anche modesto.»

«Seriamente, Harper, cosa hai detto ai tuoi genitori su di noi?» Siamo a solo pochi minuti dalla tenuta e *adesso* stiamo avendo questa conversazione.

La mia presa si stringe sul volante, e i muscoli delle spalle si irrigidiscono. Posso sentire i muscoli del collo che mi implorano di allentare la presa, ma mi sembra impossibile.

«Ho accennato che ci siamo incontrati nel campus, che mi stai aiutando con economia, facendomi da tutor. Sanno che sei un anno più grande, e ho menzionato che abbiamo cenato con i tuoi genitori lo scorso fine settimana, e che loro vogliono conoscere i miei.»

«Okay, tutte verità,» dico, rendendomi conto che sarà sicuramente più facile se non dobbiamo creare troppe invenzioni di cui tenere traccia.

«Altro?» chiedo. Sebbene non abbia menzionato il fidanzamento, sono curioso di sapere quanto seria pensino che sia la nostra relazione in questo momento.

«Gli ho detto che mi piaci molto e di essere gentili.»

«Tutte cose buone da menzionare.» Espiro nervosamente e guardo Harper. «Zeke verrà stasera?»

«Sì, mio figlio si unirà a noi per cena. Ho cercato di suggerire delicatamente che forse avremmo potuto trovargli una babysitter per la serata, ma hanno insistito che Zeke venisse, dato che è famiglia, ed è mio figlio.»

«Andrà tutto bene,» dico e prendo la mano di Harper, cercando di rassicurarla che suo figlio sarà al sicuro.

«Davvero?» Mi fissa. Posso sentire la preoccupazione sulle sue spalle. «Onestamente, Luca, speravo davvero che potessimo rimandare l'incontro con i genitori e farti conoscere loro e Zeke prima.»

Quella sarebbe stata l'opzione più sicura e avrebbe persino potuto aiutare per la cena di stasera, ma i miei genitori avevano insistito che cenassimo tutti insieme. «Dante non lo avrebbe mai permesso. Vuole osservare la follia svolgersi davanti a lui.»

«Sul serio?» chiede Harper. «Pensavo solo che avesse paura che rivelassi il segreto della mafia o del bambino tenuto in cantina...»

Ha ragione. Sono sicuro che questo era in cima ai pensieri di mio padre, preoccupato che non potesse controllarla se non fosse sotto il suo tetto. È per questo che aveva inizialmente preteso che restassimo fino al matrimonio.

Questo finché non ha realizzato che Harper era brava a mantenere i segreti. Aveva tenuto nascosto Zeke a me. A tutti all'Università di Evergreen.

«Non puoi menzionare il bambino in cantina.»

«Lo so, ma...»

«No.» Blocco immediatamente la conversazione. «Non puoi menzionare il bambino. Io... indagherò mentre lavoro per Dante,» dico.

«Lo farai davvero?» La sua voce si illumina con un raggio di speranza.

«Lascia che mi occupi io delle questioni di mafia. Tu stai fuori dai guai, per favore.» Non voglio dovermi preoccupare per Harper tutta la sera. Sarà già abbastanza difficile cercare di superare la cena con entrambi i nostri genitori.

«Prometto di non mettere più piede in quella cantina-prigione.»

Sbuffo. «Bene.»

Odio il prezzo che ha dovuto pagare per imparare la lezione.

Un prezzo che siamo tutti costretti a pagare.

CINQUE

LUCA

È nuvoloso fuori e, mentre arriviamo al complesso, grosse gocce di pioggia iniziano a scendere dal cielo.

Si adatta perfettamente al mio stato d'animo.

C'è un veicolo davanti alla casa che non riconosco. È una piccola berlina nera a due porte, piuttosto datata. La lucida vernice scura ha visto giorni migliori, così come il paraurti dell'angolo anteriore.

«L'auto dei tuoi genitori?» chiedo, con lo stomaco sottosopra per il fatto che siano arrivati prima di noi.

Prendo un ombrello dal sedile posteriore e faccio il

giro per accompagnare Harper fuori dall'auto, proteggendola dalla pioggia.

Lei alza un sopracciglio mentre le cingo la vita con il braccio. Mi chino, le mie labbra sfiorano il suo orecchio. «Fingiamo di stare insieme, ricordi» le dico. «Dobbiamo renderlo convincente stasera.»

«Sì,» sussurra.

Anche se ai miei genitori probabilmente non importa se siamo davvero una coppia o meno, è chiaro che questa sera stiamo recitando per i suoi genitori.

La conduco fino alla porta principale e, prima che possa bussare, la porta d'ingresso si spalanca e uno degli uomini di mio padre ci accoglie. Non c'è il minimo accenno di sorriso sul suo volto.

«Entrate,» dice Vito. «Sono tutti nel soggiorno.»

Accompagno Harper all'interno, e ci togliamo entrambi scarpe e cappotti. Le prendo la mano mentre la guido lungo il corridoio fino alla stanza aperta sulla sinistra, accanto alla sala da pranzo.

«Mamma!» strilla Zeke e alza le braccia verso Harper appena la vede.

Lei scioglie la mano dalla mia e si affretta verso suo figlio, stringendolo tra le braccia, coccolandolo e baciandolo mentre lo mette sul fianco per tenerlo.

«Stavamo giusto parlando di voi due,» dice Dante.

Non è proprio un saluto. Non che mi aspettassi molto da mio padre.

Mia madre, Nikki, si alza dal suo posto sul divano e mi abbraccia stretto prima di sciogliere la presa e dare a Harper un abbraccio molto più gentile con Zeke tra le braccia.

I genitori di Harper stanno entrambi sorseggiando una birra, e ho la sensazione che avremo bisogno di qualcosa di molto più forte per affrontare questa serata. Sua madre è in piedi vicino a Harper, tenendo d'occhio Zeke, mentre suo padre siede accanto al mio vecchio sul divano appoggiato al muro.

«Ciao, sono Luca,» dico, presentandomi prima a sua madre, poiché è qualche metro più vicina a me. Le tendo la mano per presentarmi correttamente. Il suo sguardo si fa più intenso, ma lei si sforza di sorridere.

Ha gli occhi di Harper, lo stesso sguardo scuro e misterioso attraversa i suoi lineamenti, e non riesco a capire se già mi odia. Ho la netta impressione che si sia fatta un'idea su di me, forse prima ancora di conoscermi.

Lancio un'occhiata a Dante, sperando che non abbia menzionato il fidanzamento.

Forse possiamo superare la cena senza alcun accenno a tutto questo.

«Sono Catrina,» dice la madre di Harper e indica suo marito, «e quello è Jack. È assorto in una accesa discussione d'affari su azioni, obbligazioni e oro come investimento. Mi starebbero facendo addormentare se non fosse per questo piccolo...» Passa una mano tra i delicati capelli castani di Zeke.

Lui allunga un braccio verso Catrina prima che Harper riesca a catturare nuovamente la sua attenzione.

È difficile non notare il legame tra Harper e Zeke.

È completamente immersa nel suo piccolo mondo, facendo versi dolci e parlandogli, mentre lo ricopre di baci. «Vuoi conoscere qualcuno di speciale per me?» sussurra con voce dolce e materna.

Zeke non sembra particolarmente interessato. Si sta agitando e probabilmente vuole correre in giro come un maniaco. Sono sicuro che ai miei genitori piacerebbe molto. Un altro McKenna pronto a scoprire qualcosa che non dovrebbe in questo posto.

Tranne che lui non sarebbe in grado di rivelare alcun segreto, dato che non sembra parlare molto. È più simile a un balbettio.

Di tanto in tanto, riesco a distinguere una parola che sta cercando di dire, come *mamma*, ma per lo più sono suoni senza senso alle mie orecchie.

Harper si avvicina, portando Zeke proprio da me. «Luca, questo è mio figlio, Zeke. Zeke, puoi dire ciao a Luca?» Prende la mano di Zeke, che è avvolta attorno al suo pollice, e la fa rimbalzare su e giù in un gesto simile a un'onda.

Zeke mi guarda con curiosità, i suoi grandi occhi rapiti da me.

«Ciao, piccolo,» dico, incerto sul da farsi.

Zeke seppellisce immediatamente il viso nel collo di lei.

Ho detto qualcosa di sbagliato?

«Non devi essere timido,» dice Harper accarezzando

la schiena di suo figlio. «Luca è un amico molto speciale.»

Zeke alza brevemente lo sguardo dal petto di Harper, incrocia il mio sguardo e poi si nasconde di nuovo.

Il bambino mi odia già.

Fantastico.

Forzo un sorriso e poi attraverso la stanza a grandi passi per presentarmi correttamente al padre di Harper. «Salve, sono Luca,» dico, porgendogli la mano.

«Io sono Jack,» dice suo padre, con lo sguardo teso. Nessun sorriso, nessun accenno di felicità. Già non gli piaccio e ci siamo appena conosciuti. «Che ne dici se tu ed io facciamo due passi fuori?»

«Va bene,» dico con un cenno, ma il mio istinto mi avverte di non farlo.

Jack appoggia la sua birra su un sottobicchiere sul tavolino e si alza, stiracchiandosi.

Lancio un'occhiata a Harper, e il suo sopracciglio si increspa, chiaramente preoccupata anche lei. «Ehi,» dice, facendo saltellare Zeke tra le braccia mentre si avvicina a Jack e a me.

Le stampo un casto bacio all'angolo delle labbra, cercando di rendere credibile la nostra finta relazione. In realtà, baciarla sarebbe meglio, ma ha un bambino piccolo tra le braccia, e questa è la scusa che accampo per non pomiciare con lei, perché in realtà sono ancora arrabbiato e ferito dal suo tradimento.

Mi ha mentito su Zeke.

Ma devo seppellire questa rabbia per stasera.

«Facciamo solo due passi,» dico, indicando suo padre.

Harper si acciglia e rivolge la sua attenzione verso suo padre. «Papà, sta piovendo fuori. Non porterai Luca sotto la pioggia per fare una chiacchierata. Potete sedervi qui dentro e conoscervi meglio.»

Sono sorpreso che sia così sfrontata con suo padre, ma ovviamente, lui non è un mafioso. Non deve temerlo.

«Certo,» dice Jack e forza un sorriso, ma i suoi occhi non brillano. «Non mi ero accorto che aveva iniziato a piovere.»

Mi dirigo verso il divano e prendo posto accanto a Jack.

Dante si sposta, lasciandomi un po' di spazio.

Sarebbe fantastico se si alzasse, andasse a parlare con mamma o anche con Catrina. Invece, resta qui con noi, probabilmente a origliare, non che ci voglia molto con lui seduto accanto a noi.

«Mia figlia ci ha chiamato questa settimana per parlarci del suo nuovo fidanzato,» dice Jack. Allunga la mano verso la sua birra, tenendo la bottiglia tra le mani mentre la guarda. «Non posso dire di essere contento di tutte le sue scelte di vita.»

«Intendi Zeke?»

Jack si gira verso di me. «Intendo mia figlia quindicenne messa incinta dal suo fidanzato sfigato diciottenne a scuola. La cosa migliore che ha fatto per Harper è stata rinunciare ai suoi diritti parentali.»

«Non devi preoccuparti. Harper e io siamo adulti; sappiamo cosa sia il sesso sicuro.»

Mio padre si schiarisce la gola dietro di me, come se stesse cercando di non strozzarsi. Forse dovrebbe smettere di origliare e alzarsi, andare a infastidire qualcun altro.

Ma Dante non si muove dalla sua posizione sul divano.

Jack alza una mano per impedirmi di discutere ulteriormente. «Non ho bisogno di sentire di te che scopi la mia bambina. Ho bisogno che tu capisca che lei è prima di tutto una mamma. Zeke viene prima di qualsiasi fidanzato, quindi se pensi di essere qui per divertirti, rimarrai amaramente deluso.»

«Posso assicurare, signor McKenna, che tengo profondamente a tua figlia. Sono grato per l'opportunità di conoscere te, tua moglie e Zeke questa sera.» Sto facendo tutto il possibile per rimanere calmo e non rovinare le cose con i suoi genitori.

Non riesco a vederli darci la loro benedizione. Già non gli piaccio particolarmente, e non ho nemmeno menzionato il nostro fidanzamento.

«Ci vorrà del tempo per capire che tipo di uomo sei davvero,» dice Jack. Guarda oltre me verso Dante.

«Non intendo mancarti di rispetto, Dante. Sono sicuro che hai cresciuto un figlio meraviglioso,» dice

Jack, cercando di essere educato, «ma comprendi che devo proteggere mia figlia e mio nipote.»

Non oso girarmi per vedere l'espressione sul volto di mio padre. «Capisco molto bene cosa significhi proteggere la famiglia,» dice Dante. Il divano si abbassa, e mi rendo conto che si sta alzando. «Forse dovremmo tutti spostare questa conversazione in sala da pranzo; la cena sarà servita a breve.»

Mi alzo e mi affretto verso Harper; la mia mano si posa sulla parte bassa della sua schiena. Tiene ancora Zeke tra le braccia, ma lui sembra occupato a giocare con un telefono giocattolo che ha in mano.

«Spostiamo questa festa in sala da pranzo,» dico. Offrirei il mio aiuto per tenere Zeke, ma dubito che me lo lascerebbe fare, dato che per il bambino sono un estraneo.

«Oh, bene. Ho proprio bisogno di sedermi,» ammette Harper e poi geme. «Non di nuovo.»

«Che c'è?» chiedo, notando la sua frustrazione quando solleva Zeke e vede l'umidità che cola lungo le sue gambe e sui suoi vestiti.

«Ti troverò qualcosa di mio da indossare. Perché non lo pulisci in bagno?» propongo.

«Puoi prendere la borsa dei pannolini? È vicino alla porta,» chiede Harper.

Prendo la borsa e la conduco fuori dal soggiorno fino al bagno. Non voglio che vaghi in giro e trovi guai. Anche se il fatto che i suoi genitori siano stati invitati oggi significa che probabilmente qui è tutto abbastanza tranquillo.

«Prenderò la mia borsa dalla macchina,» dico e mi affretto lungo il corridoio dopo che si è sistemata. Mi infilo le scarpe e corro sotto la pioggia, inzuppandomi mentre recupero il mio borsone.

Probabilmente avrei dovuto prendere l'ombrello, ma stavo cercando di fare in fretta. Abbandono le scarpe all'interno e lascio una scia bagnata dietro di me mentre attraverso il corridoio. Anche i calzini sono fradici. Busso alla porta del bagno. «Sono io,» dico.

«È aperto,» risponde Harper.

Giro la maniglia ed entro, portando la borsa con me.

Lei mi dà le spalle e ha sistemato Zeke sul tappetino del bagno con un fasciatoio portatile, mentre fissa le linguette del suo nuovo pannolino. «Tutto pulito,» dice con quella voce dolce che usa quando parla con Zeke.

Lui si agita irrequieto, ma lei riesce a tenerlo fermo mentre gli cambia i vestiti, dato che quelli di prima erano bagnati.

Qualcosa che abbiamo in comune, più o meno.

I miei sono decisamente bagnati per la pioggia, però.

Harper lo solleva dal fasciatoio e lo gira verso di me. Arriccio il naso, facendo una smorfia al piccolo, e lui ride e batte le mani.

Carino.

«Puoi tenerlo mentre mi cambio?» chiede Harper. Allunga le braccia con lui in mano, passandomelo come un pallone da football.

«Io... ehm, se ne hai bisogno,» balbetto, non sapendo cosa dire. Non è che mi dispiaccia tenere Zeke, questo è l'ultimo dei miei pensieri. Solo non voglio che pianga o abbia paura di me.

Prendo il bambino dalle sue braccia e, immediatamente, iniziano le lacrime e le urla.

Esattamente quello che temevo.

«Va tutto bene, piccolo. La tua mamma è proprio qui,» dico e lo giro per fargli guardare lei. Questo sembra calmarlo per il momento, almeno per quanto riguarda le lacrime.

Si agita nella mia presa, volendo essere tra le sue braccia. «Mamma. Mamma,» ripete più volte, cercando di attirare la sua attenzione.

«Lo so, Zeke. Solo un minuto.»

Harper apre la zip del mio borsone e fruga tra i vestiti. «Cosa indosserai tu?» chiede, spostando lo sguardo sul mio completo fradicio.

«Non importa. Sono solo bagnato di pioggia.»

Tira fuori la mia maglietta e i pantaloni cargo per domani. Dubito che i pantaloni cargo le andranno bene. «Girati,» mi ordina, gesticolando con il dito perché mi volti.

Mi giro insieme a Zeke e ricominciano i pianti.

«Dai, Zeke. Non sono così brutto da guardare,» dico e lo giro per farlo rivolgere verso di me. Provo a fargli facce buffe, arricciando il naso e poi tirando fuori la lingua. Non funziona.

Il leggero tonfo dei vestiti colpisce il pavimento.

«È chiaro che vuole te,» dico, girandomi di nuovo perché non sopporto il suono di Zeke che piange e urla per Harper. Mi spezza il cuore.

Gli occhi di Harper si spalancano quando vede che la sto fissando in reggiseno e mutande.

«Oh mio Dio, Luca! Chiudi gli occhi,» mi sgrida.

«Non è che non abbia già visto prima,» dico con un sorrisetto.

Chiudo gli occhi ma tengo Zeke tra le braccia, girandolo per fargli vedere Harper, il che almeno fa smettere il pianto.

«Sì, beh, non avrai uno spettacolo gratuito,» brontola Harper.

Pochi secondi dopo, la sua mano sfiora la mia. «Puoi aprirli adesso,» dice.

Restituisco Zeke, che felicemente si arrampica tra le braccia di sua madre. Non so come faccia a passare così tanto tempo lontana da lui. Probabilmente non dev'essere facile per lei.

«Ti laverò i vestiti durante la cena,» dico raccogliendo le sue cose. La conduco in sala da pranzo, la lascio con gli altri, mentre mi affretto ad attraversare il corridoio fino alla lavanderia.

Infilo rapidamente i suoi vestiti in lavatrice prima di tornare a farle compagnia.

Non c'è traccia di Moreno, Nikki o Nova per la cena di questa sera. Se dovessi indovinare, Dante ha suggerito loro di andare a mangiare fuori. Non è che Moreno abbia molto lavoro da fare questa sera, con i genitori di Harper sotto il loro tetto.

«Avete una casa meravigliosa,» dice Catrina mentre prende posto di fronte a noi al tavolo della sala da pranzo. Suo marito si siede accanto a lei, con Dante vicino, e Nikki siede di fronte a lui.

Prendo il posto accanto a mamma, sperando di rendere la situazione un po' più facile per Harper se sto tra mamma e lei.

Harper siede con Zeke sulle ginocchia.

«Posso preparare qualcosa di speciale per Zeke?» chiede Nikki dopo che tutti si sono seduti.

«C'è cibo in abbondanza,» dice Harper, notando la varietà sul tavolo, che va dal purè di patate e zucca al pollo arrosto e punta di petto. «Andrà bene così.»

Tutti si servono, passandosi i piatti. Aiuto a servire il cibo sul piatto di Harper dato che tiene Zeke e lui continua ad allungarsi verso tutto ciò che c'è sul tavolo.

Non so cosa le piaccia mangiare. Non ho nemmeno idea se Zeke abbia qualche allergia. Non ha menzionato nulla, quindi spero che tutto ciò che è in tavola vada bene per lei.

Riempio il suo piatto con cibo sufficiente per due adulti.

«Questo è più che sufficiente, Luca.» Ride mentre continuo ad ammucchiare più patate sul suo piatto. Quelle devono essere un cibo sicuro per Zeke. Non voglio che si strozzi durante la cena. «Stai cercando di nutrire una squadra di hockey?»

«Beh, nel caso gli piaccia, volevo che ne avessi abbastanza.»

«Ho appena sentito parlare di hockey?» chiede Jack, attirando la mia attenzione. «Ci giochi?»

«Sì, gioco per i Narwhals,» dico, mettendo abbastanza cibo nel mio piatto ora che mi sono occupato di Harper. «Un giorno mi piacerebbe diventare professionista.»

«Non è il sogno di ogni giocatore di hockey?» dice Dante senza la minima traccia di ammirazione per me.

Non posso dire di essere sorpreso.

Ha fatto sapere che disprezza lo sport e, ancora di più, le mie aspirazioni di carriera. Ma non è che tutto questo abbia più importanza ormai.

«Per favore, sentitevi liberi di iniziare,» dice Nikki mentre indica i piatti di tutti. Sta ancora servendo il suo pasto nel proprio piatto, ma cerca di assicurarsi che gli ospiti sappiano che possono iniziare a mangiare.

Catrina sorride, il suo sguardo su Zeke. «Quali sono i tuoi piani dopo il college se non riesci a entrare in una squadra professionistica?»

«La realista,» dice Nikki con una risata sommessa.

Lo sguardo freddo di Dante è su di me, aspettando di sentire cosa dico. «Ho intenzione di entrare nell'azienda di famiglia.»

«Oh,» dice Jack. «Di cosa vi occupate?» Rivolge la sua attenzione a Dante, aspettando che spieghi la sua professione e le sue attività.

Colgo l'opportunità per ficcarmi del cibo in bocca, così non sono costretto a parlare. Se sto mangiando, allora forse mi lasceranno abbastanza in pace. Inoltre, sono affamato. Ho saltato il pranzo, grosso errore, quindi sono più che affamato per la cena.

«Gestiamo parecchi contratti temporanei e forniamo servizi di supporto per quelle aziende che necessitano assistenza,» dice Dante.

Questo è il codice di mio padre per estorcere denaro alle aziende e offrire protezione per quelle che acquisisce.

«Sembra molto impegnativo,» dice Jack, chiaramente senza avere alcuna idea di cosa faccia Dante per vivere. Si guarda intorno nella sala da pranzo. «Ma evidentemente, la vostra attività va bene. Avete una casa bellissima.»

«Grazie,» dice mamma. «E voi due?» Lei sa sempre come allontanare la conversazione dai guai.

È probabilmente saggio che Moreno e la sua famiglia siano fuori per la giornata. Potrebbe sembrare strano avere due famiglie che vivono e lavorano insieme sotto lo stesso tetto.

Non ha senso suscitare sospetti in Catrina e Jack.

«Sto a casa con Zeke,» dice Catrina, «ma ho lavorato come barista al resort sciistico in città da quando hanno aperto. Sono con loro dalla nuova gestione.»

«Cosa ne pensi del proprietario?» chiede Dante.

«Paga meglio e prende sul serio i nostri suggerimenti, quindi sono contenta dei nuovi cambiamenti. Quando Harper si laureerà e non avrò Zeke a tempo pieno, probabilmente tornerò a lavorare.»

«E tu cosa fai, Jack?» chiede Nikki, mantenendo viva la conversazione.

Sono grato che non ci sia stata un'inquisizione sulla nuova relazione tra me e Harper. Eppure, so che c'è ancora tempo, la serata è giovane.

«Sono un manager per il Blue Sky Resort. Mi occupo della parte alberghiera, assicurandomi che gli ospiti siano ben accuditi,» dice Jack.

«Sembra meraviglioso,» dice Nikki e allunga la mano attraverso il tavolo verso Dante. «Abbiamo sempre voluto trascorrere un weekend al resort, vero, tesoro?»

Dante borbotta qualcosa sullo sci a bassa voce ma si sforza di sorridere per compiacere mia madre.

«Vi piacerebbe. Offriamo lezioni di sci e snowboard per principianti,» suggerisce Jack a Dante. «La spa è fantastica, fa sempre felice ogni moglie, e hanno un pacchetto golf piuttosto decente con il campo giù per la strada, se giochi e decidessi di venire fuori stagione, che sarebbe l'estate per noi.»

«Non gioco,» dice Dante, con un tono secco.

Jack annuisce e prende un boccone del suo cibo.

Mi sporgo verso Harper, il mio respiro contro il suo orecchio mentre cerco di mantenere la nostra conversazione solo tra noi. «Come pensi che stia andando?» sussurro.

Harper ha in mano una piccola cucchiaiata di purè di patate che sta dando a Zeke.

Lui continua a cercare di prendere il cucchiaio per mangiare da solo, ma lei chiaramente non glielo permette. «Vuoi che glielo dia mentre mangi?»

«Lo faresti?» I suoi occhi si spalancano, e gira il bambino per farlo guardare verso di me, ma lo tiene in grembo. «È super disordinato, e i tuoi genitori hanno la moquette nella sala da pranzo. Non voglio che mi uccidano quando vedranno il casino che farà in questo posto.»

Se papà non fosse un mafioso, direi che sta esagerando, ma percepisco la sua esitazione e paura. Prendo il cucchiaio, dandogli qualche altra cucchiaiata di purè di patate mentre lei taglia il pollo arrosto in pezzettini minuscoli.

«Puoi dargli un po' di pollo, altrimenti, questo piccolo mostro si riempirà di patate.» Harper bacia la testa di Zeke e poi si infila alcuni bocconi in bocca.

I suoi occhi si chiudono momentaneamente, e posso vedere quanto sia affamata mentre gusta la cena.

Questo è l'unico vantaggio di avere genitori mafiosi ricchi: hanno uno chef professionista che sa cucinare praticamente qualsiasi cosa, e il risultato è sempre divino.

Continuo a nutrire Zeke, allontanandomi dal purè di patate e offrendogli pollo, che lui insiste nel rimuovere dalla mia forchetta e mettere nelle sue mani.

Prendo il mio tovagliolo di stoffa e lo metto sulle sue

gambe e copro Harper per evitare che il disordine si sparga ovunque.

«Che ne dici se ci penso io a te?» dico a Zeke e provo con un altro boccone di pollo. «Apri la bocca, piccola tigre,» dico mentre porto la forchetta alle sue labbra.

La bocca di Zeke si apre e poi le sue mani si stringono. «Roar!» Zeke imita una tigre, anche se sembra più un leone.

Ma non lo correggo, e questo mi dà l'opportunità di dargli un altro boccone senza fare un enorme casino.

«Non ti manca quando Luca aveva quell'età?» chiede mamma, sorridendo dall'altra parte del tavolo a Dante.

«Non sono mai stato così piccolo,» ribatto, sapendo che non è vero ma non riuscendo comunque a crederci quando guardo la piccola tigre tra le braccia di Harper. È adorabile. Dubito che mio padre mi coccolasse quando avevo l'età di Zeke.

«Di certo non sei rimasto piccolo a lungo,» dice mamma. «Hai avuto una crescita improvvisa che giuro sia iniziata quando avevi diciotto mesi. Continuavi a crescere.»

«Basta parlare di me, per favore?» Sto praticamente supplicando mamma di stare zitta. Non ho bisogno che mi metta in imbarazzo davanti a Harper. Tra poco tirerà fuori le foto di quando ero bambino per confrontarle con Zeke.

«Va bene, va bene. Hai ragione, caro. Dovremmo parlare del vero motivo per cui siamo tutti qui stasera, le imminenti nozze,» dice mamma.

La forchetta di Jack cade dalla sua mano, colpisce il piatto di porcellana e poi precipita sul pavimento. «Cosa?» La sua voce è come un tuono, completamente colto alla sprovvista dal commento di mia madre.

Non posso dire di essere sorpreso, dato che Harper non ne ha parlato ai suoi genitori.

Gli occhi di Catrina sono spalancati, e allunga la mano verso il bicchiere d'acqua, portandolo alle labbra per un secondo, anche lei sorpresa dal riferimento alle nozze.

Dante rimane calmo mentre non si rivolge nemmeno a Catrina e Jack. Il suo sguardo è interamente su Harper. «Mio figlio e vostra figlia hanno deciso di sposarsi.» Non c'è alcuna emozione nella sua voce e, per una volta, non riesco a capire cosa stia pensando.

Questo matrimonio è stata una sua idea.

Beh, tecnicamente, è stata mia, per salvare Harper dopo ciò che aveva visto e fatto, ma lui ha acconsentito.

Non si sarebbe mai arrivati a questo punto se lui non mi avesse ordinato di giustiziarla.

«Harper?» Catrina posa la forchetta. Le sue mani rimangono in grembo mentre la notizia la colpisce. «Ti va di spiegarti?»

Harper sorride e, sebbene io sappia che stia completamente fingendo questa costante felicità, non posso fare a meno di cascarci anch'io.

«Siamo entrambi incredibilmente felici di frequentarci e vogliamo vedere dove ci porterà insieme questa nuova fase della vita,» dice Harper.

Okay, non è la frase migliore per convincere i suoi genitori del nostro fidanzamento.

Jack si gira verso Dante. «Tu ne eri a conoscenza?»

«Hanno annunciato il loro fidanzamento lo scorso fine settimana,» dice Dante. «È per questo che abbiamo insistito perché vi uniste a noi per cena questa sera.»

«Siete fidanzati?» esclama Catrina, chiaramente ferita. «Non sapevamo nemmeno che stessi frequentando qualcuno! Ci parli ogni settimana, fai videochiamate con Zeke, e non hai mai pensato di dirci di Luca?»

«È successo tutto così all'improvviso questo semestre,» dice Harper. «Tengo immensamente a Luca.»

«E se lui tiene a te,» dice Catrina, «allora aspetterà per sposarti. Non c'è motivo per cui dobbiate precipitarvi in una decisione che dura tutta la vita.»

Harper mi guarda, il suo respiro leggermente irregolare. Posso sentire i primi segni rivelatori del suo panico e vorrei abbracciarla, stringerla forte contro di me e farle sapere che risolveremo la situazione insieme.

Ma Zeke è ancora seduto sulle sue ginocchia, e in qualche modo, gli sto dando distrattamente un boccone di pollo dopo l'altro. Non sembra notare o capire cosa stia succedendo al tavolo.

Per lui, è solo un altro momento di cibo delizioso.

«Potremmo certamente aspettare,» dico e sento lo sguardo furioso di mio padre. «Ma quando ami qualcuno e sai che è l'unica persona con cui vuoi trascorrere il resto della tua vita, perché aspettare?»

«Perché c'è un bambino coinvolto!» dice Catrina. «Mi stai dicendo che sei onestamente pronto a essere un padre?»

Guardo Zeke, e mentre non so nulla dei bambini di due anni o cosa significhi crescere un figlio, so che un giorno voglio diventare padre. Mi riprometto solo di non diventare *come mio* padre.

«Non gli sto chiedendo di fare da padre,» dice Harper prima che io abbia il tempo di rispondere.

«Beh, dovresti,» dice Catrina. «Perché se sposi Luca, allora Zeke si trasferirà con voi. Non ho bisogno di prendermi cura di tuo figlio se pensi di essere pronta per il matrimonio.»

«Mamma,» sussurra Harper, rendendosi conto di

cosa ciò significhi per il proseguimento della sua istruzione.

«Abbiamo pensato anche a questo,» dice mia madre, guardando Dante. «Abbiamo procurato un alloggio nel campus che soddisfa i requisiti della borsa di studio di Harper e non fa parte dei dormitori. Harper e Luca potranno avere Zeke che vive con loro a partire da gennaio.»

Jack aggrotta la fronte, scuotendo la testa. «Quindi, sei d'accordo sul fatto che si sposino? Mia figlia ha diciotto anni. Ha tutta la vita davanti a sé.»

«Tua figlia è una madre,» dice Dante seccamente. «Le sto dando l'opportunità di crescere suo figlio *e* di andare all'università. Forgerà il carattere.»

«Non dirmi come crescere mia figlia,» sbuffa Catrina e si alza. «È ora di andare,» dice a Jack.

«Con piacere.» Jack sposta la sedia all'indietro e si alza in piedi.

«Mamma,» la voce di Harper si affievolisce, «possiamo sederci di nuovo e parlare?»

«Assolutamente no.» Catrina si dirige dall'altra parte del tavolo. Penso che stia per prendere Zeke da

Harper, ma non sono sicuro esattamente di cosa succederà.

Questa cena è andata esattamente come mi sarei aspettato: un disastro epico.

«Se pensi di essere pronta a essere una moglie, allora sei chiaramente pronta a essere una madre.» Catrina si china e bacia la guancia di Zeke. «Prenderò il seggiolino così potrai portarlo a casa con te.»

«Lo devo portare nei dormitori?» La voce di Harper si blocca in gola. «Mamma, non posso farlo.

«Forse i genitori del tuo fidanzato possono aiutare. Se vi sposate, non avete bisogno del nostro sostegno,» dice Catrina.

«Ma è esattamente ciò di cui ho bisogno,» sussurra Harper. «È per questo che ve l'abbiamo detto invece di sposarci di nascosto. »

Jack mi lancia un'occhiataccia. «E siamo così grati per la vostra onestà. Ma ti abbiamo educata meglio, Harper. O almeno pensavamo di averlo fatto. Prima rimani incinta a scuola. Abbiamo cercato di essere comprensivi. Pensavamo che mandarti all'università avrebbe aiutato sia te che Zeke. E adesso questo? È come uno schiaffo in faccia per noi. Se vuoi sposarti, allora è ora che ti assumi le tue responsabilità e faccia da madre a tuo figlio. Abbiamo finito di crescerlo noi.»

Jack accompagna sua moglie lungo il corridoio, verso la porta d'ingresso.

Harper li sta seguendo in fretta, con Zeke tra le braccia. Io sono proprio dietro di lei, che loro lo vogliano o no.

«Mamma, per favore, almeno dateci un po' di tempo,» Harper sta supplicando sua madre per avere aiuto e io sono semplicemente lì, senza sapere come sistemare questa situazione.

Non è che vogliamo davvero sposarci, ma la finta relazione sembra esserci appena esplosa in faccia.

E la sincerità non ci salverà.

Non posso dire ai suoi genitori che lo facciamo perché sto proteggendo la loro figlia.

«Amo Harper,» dico, cercando di trovare le parole giuste per aggiustare la situazione il meglio possibile. «Capisco che ancora non mi conoscete. Sono sicuro che tutto questo sembri improvviso, ma voglio essere un padre per Zeke, un marito per

Harper, e giuro di proteggerli fino al giorno della mia morte.»

Jack si ferma davanti alla porta d'ingresso. Per un momento penso di poterlo convincere, e poi mi rendo conto che si sta mettendo le scarpe, e poi aiuta Catrina con le sue scarpe e il cappotto.

«Voi ragazzi vi state tuffando a capofitto in un impegno che dura tutta la vita. Se ci avete invitato a cena per avere la nostra benedizione o la nostra approvazione, non l'avrete,» dice Jack.

Catrina abbottona il suo cappotto, e il cipiglio all'angolo delle sue labbra è pallido rispetto ai suoi occhi lucidi. Si china e bacia la guancia di Zeke. «Fai il bravo con la tua mamma,» dice Catrina al nipote.

«Odiatemi quanto volete, ma non fate questo a vostra figlia. Non escludetela dalla vostra vita,» dico.

«Non devi preoccuparti che fingiamo, Luca. Non ci piaci,» dice Jack, rendendo molto chiara la sua opinione. «Non ripudieremmo mai nostra figlia, ma non parteciperemo al matrimonio. Se entrambi decidete di andare avanti con il matrimonio, lo farete da soli.»

«Mamma, ti prego. Prenderò Zeke non appena sarò nel nuovo appartamento a gennaio. Ma non posso semplicemente portarlo nei dormitori, potete aiutarmi?» Harper sta praticamente supplicando, e io le appoggio una mano sulla schiena.

«Va tutto bene. Troveremo una soluzione,» dico.

Catrina si ferma davanti alla porta e tende le braccia verso Zeke. «Fino a quando non andrete a vivere insieme. A meno che non torniate entrambi in voi.»

Harper prende le scarpe e il cappotto di Zeke, lo veste e poi esce per accompagnarlo alla loro auto, sistemandolo sul sedile posteriore nel suo seggiolino.

Tengo l'ombrello sopra Harper, mantenendola asciutta mentre la osservo salutare Zeke, ma almeno so che l'addio non è per sempre.

Rientriamo in casa, Harper sembra abbattuta, e io la avvolgo tra le mie braccia, stringendola in un abbraccio.

Lei nasconde il viso nel mio collo, e posso sentire i lievi singhiozzi scuotere il suo corpo. Le accarezzo la schiena per consolarla mentre sento lo sguardo severo di mio padre su di me.

«Luca, una parola,» dice Dante.

«Torno subito. Rimani qui,» la avverto mentre mi districo dal suo abbraccio e la lascio nell'ingresso.

Lei non si muove mentre mi avvicino a Dante. Lui mi tiene fuori dalla portata d'orecchio, ma siamo ancora visibili a Harper. Non posso dire di essere sorpreso che non si fidi di lei.

La fiducia va guadagnata.

Queste sono le sue parole che mi riecheggiano nella mente, una frase che mi ha ripetuto continuamente durante la mia giovinezza.

«È tardi. Dovresti riportare Harper al campus, e ci vediamo il prossimo fine settimana. Quando è la tua prossima partita?» chiede Dante.

«Giovedì sera.» Vorrei che fosse venerdì o sabato, così non dovrei passare un altro minuto sotto *il suo* tetto.

Gli occhi di Dante si stringono, e annuisce. «Bene. Allora verrai venerdì dopo che le tue lezioni saranno finite.»

«Domenica ho gli allenamenti» gli ricordo.

«Te ne andrai prima che la squadra di hockey si accorga che eri via.»

In qualche modo, ne dubito. Ashton lo saprà, e sicuramente anche Liam se ne accorgerà. E questo supponendo che Ashton non organizzi una festa a casa nostra, cosa che è solito fare.

«Saluta tua madre prima di andare» mi ricorda Dante.

«Fammi prendere i vestiti di Harper dalla lavanderia» dico. «Poi saremo pronti per partire.»

Nel giro di quindici minuti, siamo di nuovo in macchina, diretti verso il campus.

«Grazie per il passaggio» dice Harper, guardandomi. Allunga la mano verso la mia sul volante, e io la lascio fare.

È rimasta silenziosa da quando siamo partiti.

Troppo silenziosa, a parer mio.

«Non dovevi davvero portarmi fino a casa e poi dover tornare indietro...»

«Non torno indietro» dico, lanciandole un'occhiata

veloce. «E tu devi ancora studiare. Per caso hai portato gli appunti per il corso?»

«Mi hai detto tu di non portarli» dice Harper e libera la mano dalla mia. Si sposta sul sedile.

«Non riesco a capire se sei arrabbiata con me» dico.

La sua gamba si muove nervosamente. La ragazza sembra non riuscire a stare ferma sul sedile anteriore. «Sono arrabbiata con me stessa, e non voglio che tu abbia problemi con tuo padre. Non puoi semplicemente evitare di tornare lì perché lui ha degli uomini...»

Appoggio la mano sul suo ginocchio, cercando di calmarla. «Dante ha parlato con me prima che partissimo. Mi ha detto di non preoccuparmi di restare questo weekend, ma sarò lì da venerdì a domenica.»

«Oh.» Esala un sospiro leggero.

«È sollievo o preoccupazione?» chiedo.

«Non possono essere entrambi? Sono contenta che non devi tornare lì stasera, ma non mi piace proprio l'idea che tu ci debba andare...»

«Lo so» dico. Non è come se questo fosse il futuro che immaginavo per me stesso, ma lo sto facendo per *lei* e, ora, anche per Zeke.

Il silenzio riempie lo spazio tra noi, e le stringo la coscia prima di rimettere la mano sul volante. «Per caso ricordi qualche concetto dal nostro quiz di economia?»

«Le curve di domanda e offerta» dice Harper.

«Oh, quello è facile.»

Harper ride. «Lo so, per questo me lo ricordo. È l'unico concetto che ho afferrato, ed è perché tu ed io lo abbiamo rivisto un paio di settimane fa. Il resto...» fa un gesto dalla testa al finestrino, «è volato via nel momento stesso in cui è stato spiegato.»

«D'accordo, quando torniamo al campus, verrai da me a studiare per un'ora o due prima che ti accompagni a casa per la notte.»

Harper rimane in silenzio.

«Ti va bene?» chiedo.

Il suo silenzio mi preoccupa.

«Stavo pensando che forse potrei passare la notte con te. Solo per stanotte» dice Harper. Sento il suo sguardo su di me, che mi osserva attentamente.

Il mio corpo brama la sua compagnia, il suo calore, la sensazione della sua pelle sulla mia. Ho fatto sogni su di lei, ma *solo per stanotte* non è assolutamente abbastanza.

E poi c'è Zeke.

A parte l'ovvio, che mi ha mentito su di lui e lo ha tenuto segreto, non posso permetterle di avvicinarsi troppo a mee rischiare che diventiamo qualcosa di *reale*. Non se sono costretto a lavorare per mio padre.

Zeke merita di meglio.

Come anche Harper.

«Non credo sia una buona idea» dico, e il mio cuore mi fa male quando le rispondo.

Sospira pianissimo. «Non mi perdonerai mai, vero?» La sua domanda è appena sopra un sussurro.

Harper non capirà mai da dove vengo, le cose che ho visto da bambino nella mafia, e non voglio questo per Zeke.

Qualsiasi cosa io possa fare per proteggere la famiglia, *la mia* famiglia – Harper e Zeke – lo farò. Anche se significa spezzare dei cuori.

SEI

HARPER

«Quando è la tua prossima partita di hockey?» chiedo ad Ashton.

«Perché? Non vedi l'ora di venire a fare il tifo per me?»

Gli lancio una patatina. Sono seduta di fronte a Kensley, e Ashton è tra noi due al tavolo della mensa.

Sembra che ogni volta che vado a pranzo con Kensley, Ashton si presenti senza essere invitato.

«Non era quello che pensavo,» rispondo con sarcasmo e rido.

«Harper farà il tifo per Luca. Ho ragione?» chiede Kensley, muovendo le sopracciglia in modo allusivo.

Lei ancora non sa del matrimonio imminente, di Zeke, o dei nuovi accordi abitativi in corso.

Ho nascosto così tante cose a Kensley che mi odierà sicuramente quando scoprirà che le ho mentito.

«Quei due sono incredibili,» dice Ashton tra un morso e l'altro del suo hamburger. «Giuro, voi due state cercando di rendermi la vita più difficile.»

«Perché?» chiede Kensley. «Luca ti ha mandato qui per ottenere informazioni? Perché se sta evitando Harper di nuovo...»

Adoro quanto Kensley sia protettiva nei miei confronti. «Io e Luca stiamo bene,» dico. Prendo un'altra patatina dal mio piatto e la mastico. Il cibo è una facile distrazione per evitare di parlare di Luca.

«Bene,» ripete Kensley. «Di solito, 'bene' significa che le cose vanno di merda, ma non voglio parlarne.»

Esattamente.

Kensley però non sembra arrendersi. «Possiamo andare alla partita, e poi sei libera questo fine settimana? Mi hai abbandonata sabato scorso.

Speravo che potessimo fare una maratona di film romantici natalizi. È la stagione giusta.»

Interiormente brontolo, ma mi sforzo di sorridere. «Sono libera sabato.» Non entro nei dettagli sul fine settimana scorso.

Ashton mi sta osservando con troppa intensità, probabilmente chiedendosi se crollerò.

«Che c'è?» gli chiedo, fulminandolo con lo sguardo.

«Santo cielo, Harper. Tu e Luca non state mica andando a convivere, vero?» chiede Kensley.

«Convivere?» Alzo un sopracciglio alle sue parole.

Ashton sogghigna, divertito dallo scambio tra noi due. Sta mangiando il suo hamburger ma è completamente assorto nella nostra conversazione. Vorrei che non fosse al tavolo, ma a parte dirgli di alzare il culo, non sembra avere alcuna intenzione di andarsene tanto presto.

«Tu non iniziare.» Lo indico, avvertendolo di tenere la bocca chiusa.

Apparentemente, la mia minaccia è sufficiente per provocare una risposta da parte sua.

«Kensley ha ragione. Sembri davvero agitata. Penso che una bella scopata risolverebbe la cosa.»

«E tu ti stai offrendo?» Fulmino Ashton con lo sguardo.

Mette giù il suo hamburger e alza le mani in segno di resa. «Non sono così stupido da fare una proposta del genere. Il tuo ragazzo mi ucciderebbe.»

Kensley guarda con aria severa prima Ashton e poi me. «Quindi Luca *è* il tuo ragazzo. Sapevo che c'era qualcosa tra voi due, ma l'ultima volta che me ne hai parlato, avevi detto che non vi stavate parlando.»

«Stiamo bene,» brontolo, desiderando veramente che questo interrogatorio tra la mia migliore amica e il migliore amico di Luca finisca.

Guardo male Ashton. «È per questo che ti unisci sempre a noi per pranzo?»

Scuote la testa, non capendo la mia domanda.

«Sei il migliore amico di Luca.» Affermo l'ovvio. «Stai riferendo a lui tutto quello che dico?»

«Prometto che non sto riferendo nulla a Luca,» dice Ashton. «È stato un po' stronzo in casa. Ci stiamo tenendo alla larga l'uno dall'altro.»

«E sul ghiaccio?» chiedo.

«Durante gli allenamenti è completamente concentrato sul gioco. Nient'altro sembra importare.» Ashton finisce l'ultimo boccone del suo hamburger. «Com'è andata con Zeke questo fine settimana?»

Le mie spalle si irrigidiscono mentre guardo da Ashton a Kensley.

Doveva proprio fare il nome di mio figlio?

Sta cercando di fottermi o vuole solo assicurarsi che perda la mia unica amica nel campus?

Kensley guarda da Ashton a me. «Chi è Zeke? È per questo che mi hai abbandonata questo fine settimana? Per un altro ragazzo?» Le sue guance arrossiscono, e posso sentire che si sta arrabbiando con me. «E non hai appena detto che stai con Luca? Che diavolo, Harper?»

Allontano il vassoio con le patatine. Non ho più fame.

Ashton sorride maliziosamente e ne ruba una dal mio piatto.

Che infantile.

«Allora, chi è Zeke?» chiede di nuovo Kensley, e posso percepire la sua frustrazione.

«È mio figlio,» dico, evitando il suo sguardo.

Kensley si ferma un momento, inclina la testa e mi fissa perplessa. «Hai un figlio,» ripete la frase lentamente, mentre la assorbe. «Dov'è adesso?» Il suo tono è dolce, la sua voce uno strano conforto nel fatto che non stia dando di matto con me.

Almeno non ancora.

«Vive con i miei genitori fino al prossimo semestre.»

È come un cerotto che deve essere strappato via, rivelandole tutto.

«Cosa succede il prossimo semestre?» chiede Kensley.

«Il matrimonio,» dice Ashton, appoggiandosi allo schienale della sedia con un sorrisetto.

«Bastardo,» mormoro verso di lui. Afferro le mie patatine e gliene lancio una manciata.

Ashton non tenta nemmeno di schivarle. Lascia semplicemente che cadano sul suo petto. Se le spazzola via, per nulla offeso da quello che ho fatto.

«Aspetta. Ti stai per sposare? È con Luca? Luca è il padre?» chiede Kensley, cercando di capire l'annuncio.

«Luca non è il padre, ma sì, siamo fidanzati,» dico con molta calma.

«Dammi la mano,» dice e mi tira il braccio attraverso il tavolo, con la delusione impressa sul viso. «Niente anello?»

Come fa Kensley a essere così calma riguardo la notizia del fidanzamento? Mi aspettavo che mi urlasse contro, che mi dicesse che stavo facendo il più grande errore della mia vita.

«Non è che navighiamo nell'oro,» scherzo e ritraggo la mano dalla sua, rimettendola in grembo. «Sua madre si è offerta di comprarci le fedi nuziali, come regalo.»

«È gentile,» dice Kensley lentamente, come se il suo cervello stesse ancora elaborando l'intera situazione. «E i tuoi genitori? E tuo figlio? Ho così tante dannate domande, Harper.»

Ashton non dice una parola; si limita a osservare e ascoltare. Non sono sicura di cosa gli abbia raccontato Luca, se gli ha detto qualcosa, del weekend scorso quando siamo andati a trovare i suoi genitori e abbiamo cenato con entrambe le nostre famiglie.

«I miei genitori non sono esattamente d'accordo, e da quando hanno saputo del fidanzamento, stanno cercando di ridarmi Zeke.»

«Beh, è tuo figlio,» dice Kensley. «Aspetta. Quanti anni ha?»

«Due,» dico e sospiro, prendendo il telefono dalla tasca. Scorro le mie foto e mostro un'immagine di Zeke con un enorme sorriso dentato. Nella foto, sta cercando di afferrare il mio telefono, ed è piuttosto vicino, con il viso accanto all'obiettivo della fotocamera.

«Dio, è adorabile. Mi fa venire male all'utero,» dice Kensley con una risata.

Ashton sbuffa e poi tende la mano, volendo vedere la foto che ho mostrato a Kensley. «È davvero carino,» dice, suonando piuttosto sorpreso.

«Grazie?» Rido e rimetto il telefono in tasca. «È un terremoto. Mia madre è rimasta a casa dopo che ho partorito, mentre io finivo il liceo e prendevo il diploma. Ha accettato di aiutarmi a crescerlo mentre andavo all'università. Lunga storia, ma cerco di andarlo a trovare nei fine settimana quando non devo studiare. Quando non lo vedo, faccio videochiamate con lui, così si ricorda chi sono.»

«Sono sicura che sa chi sei,» dice Kensley e sorride debolmente. «Avrei davvero voluto che ti fidassi di me abbastanza da dirmelo prima di tuo figlio, ma sono sicura che era un segreto enorme da portare.»

La verità è che non volevo che Zeke fosse un segreto, ma era stata un'idea dei miei genitori. Volevano che rimanesse nascosto durante la scuola. Mi hanno fatta istruire a casa nel momento dal momento in cui hanno scoperto che ero incinta e poi, dopo che Zeke era nato, l'anno seguente, sono tornata a scuola.

Suppongo che stessero cercando di darmi una vita normale.

Almeno questo è quello che pensavo, ma credo avesse più a che fare con la mia istruzione, con il loro desiderio di assicurarsi che mi concentrassi e fossi accettata all'università con una borsa di studio. Perché nessuno dei due poteva permettersi il costo della mia retta.

«Aspetta, è per questo che tu e Luca state litigando? È per Zeke?» Kensley non perde un colpo.

«Sì,» dico e lancio un'occhiata ad Ashton, sperando che confermi la storia a Kensley, perché farle sapere della mafia è chiaramente fuori questione.

Ashton incrocia le braccia sul petto. «Era incazzato perché gli hai mentito.»

È ancora arrabbiato, ma non mi preoccupo di menzionarlo a Kensley o ad Ashton.

Perché se mi odia per sempre, il nostro imminente matrimonio non avverrà mai. E quando accadrà, non avrà il minimo senso per nessuno.

«E mi ha perdonata,» dico.

Ma non sono sicura che mi abbia perdonata completamente.

Gli occhi di Ashton lampeggiano, come se sapesse che sto mentendo, ma non dice nulla ad alta voce.

Luca è stato civile con me quando siamo in classe. Siamo tornati ai nostri appuntamenti di studio per economia, così che io possa mantenere i miei voti per la borsa di studio, ma i momenti tranquilli che condividevamo non sembrano esserci più.

Tranne quando siamo entrambi costretti a fingere.

E potrei conviverci se necessario, perché almeno fingere con Luca è meglio che succeda qualcosa a Zeke.

Le minacce della famiglia Ricci continuano a perseguitarmi e spaventarmi. Non posso fare a meno di guardarmi alle spalle quando sono sola di notte, chiedendomi se qualcuno salterà fuori dall'ombra per afferrarmi. Per farmi del male.

Ma la vera paura viene da ciò che non posso vedere o contro cui non posso fare nulla.

Zeke è con mia madre, e non posso proteggerlo mentre non è con me.

Forse portarlo nel campus il prossimo semestre è la soluzione migliore, perché almeno potrò occuparmi di lui e assicurarmi che sia al sicuro.

Kensley e io arriviamo presto alla partita in casa dei Narwhals. Indossiamo entrambe le maglie della squadra e siamo sedute in prima fila.

Lo faccio per *lui*.

Voglio che Luca capisca quanto ci tengo veramente a lui, e questo significa assistere alle sue partite.

Almeno stasera non c'è traccia di Quinn, e molto presto non dovrò più avere a che fare con lei. Non vedo l'ora di trasferirmi con i ragazzi, e anche se so che non sarà facile, almeno ci sarà anche Nova.

Ho passato la settimana a informarmi sull'asilo nido nel campus e su come sia aperto agli studenti durante l'orario delle lezioni, il che è fantastico. Ho iscritto Zeke per il prossimo semestre mentre io sarò a lezione e studierò.

«Vai, Ashton!» grida Kensley mentre lui strappa il disco ai Wolverines.

La guardo, curiosa di sapere se ha una cotta per lui. «Ashton?»

«È il migliore amico del tuo ragazzo,» dice al mio fianco mentre si alza, urlando e facendo il tifo quando lui sbatte un altro giocatore contro il muro.

Ora, mi fa sembrare negligente.

Luca ci scorge, e appena i suoi occhi si posano su di me, tornano rapidamente sul ghiaccio, seguendo il disco, inseguendolo. Con la stessa rapidità con cui lo strappa ai Wolverines, loro glielo portano via.

È una lunga partita, con zero punti nel primo tempo e molte corse avanti e indietro sul ghiaccio, inseguendo il disco.

La sirena suona per la fine del primo periodo e, mentre i ragazzi iniziano a pattinare fuori dal ghiaccio verso lo spogliatoio, Luca si avvicina al plexiglass e mi saluta con la mano.

«Sei venuta,» dice, respirando affannosamente. È coperto di sudore e dà un'occhiata ai suoi amici, alcuni lo stanno aspettando.

«Volevo sostenerti,» dico. È vero, se lo merita. È terribile sapere che suo padre disapprova la sua scelta di giocare a hockey. Se ci sposeremo, voglio che capisca che sosterrò sempre le sue decisioni, qualunque esse siano.

«Sono contento che tu sia qui. Forse sarai il mio portafortuna.» Mi rivolge un sorriso sghembo e poi si affretta fuori dal ghiaccio con il resto dei compagni di squadra che lo stanno aspettando.

«Vedi, non sei felice di aver comprato una maglia dei

Narwhals?» chiede Kensley, dandomi una gomitata. «Ora hai qualcosa da indossare a ogni partita.»

«Ogni partita,» ripeto. Non avevo davvero pensato di assistere a tutte le sue partite, ma sarebbe divertente, specialmente con Zeke. Dovrei procurargli quelle cuffie carine per bambini per bloccare il rumore della folla, ma scommetto che gli piacerebbe guardare Luca giocare a hockey.

I giocatori tornano sul ghiaccio, e Luca è inarrestabile. Riesce a rubare il disco e corre verso la porta quasi senza nessuno che lo marchi.

Tira e segna.

L'eccitazione ribolle nell'arena mentre lui si gira a guardarmi.

Sono in piedi ad applaudire e gridare, volendo fargli sapere che sono la sua più grande fan.

«Più forte,» mi rimprovera Kensley nell'orecchio. «Non può sentirti.»

Probabilmente ha ragione, ma mi sembra di stare già urlando sopra la folla.

I Narwhals battono i Wolverines, e mentre la partita finisce, Luca pattina verso di noi. «Aspettateci. Saremo pronti tra trenta minuti.»

«Va bene, certo.»

Pattina verso lo spogliatoio, e Kensley e io restiamo ad aspettare mentre i tifosi iniziano a disperdersi.

Ci vuole quasi un'ora perché Luca ritorni, ma è raggiante di eccitazione, e io sono incredibilmente felice per lui. Esce dallo spogliatoio ma attraversa gli spalti, facendosi strada verso il nostro corridoio.

«Sei stato fantastico!» dico mentre lui mi getta le braccia intorno. Mi stringe in un abbraccio, e per un momento, non so dire se è felice di vedermi o se è tutta una recita perché siamo costretti a sposarci.

Per me, non è mai una recita.

«Grazie. Sono davvero contento che tu sia venuta stasera. Grazie per averla portata,» dice a Kensley.

«È stata tutta un'idea di Harper,» dice Kensley. «Ma forse ho avuto qualcosa a che fare con queste.» Indica le nostre maglie dei Narwhals.

Luca mi attira a sé, il suo respiro si mescola con il mio prima che vada all'attacco. Le sue labbra hanno un sapore dolce e un profumo unico di sandalo e ambra. I suoi capelli sono ancora umidi dalla recente doccia, e alcune gocce trovano la via sulla mia pelle.

Mi sporgo verso di lui, la mia lingua cerca di entrare nella sua bocca, dimenticando momentaneamente che Kensley è in piedi accanto a noi, e il mondo sembra sciogliersi.

Le sue dita stringono la mia maglia, tenendomi stretta e vicina. Giuro di poter sentire il suo cuore battere attraverso il suo petto.

Kensley si schiarisce la gola. «Dovrei semplicemente tornare a casa?» chiede.

Non voglio interrompere il bacio perché non so quando Luca mi bacerà di nuovo, quando mi toccherà come se lo intendesse davvero.

E non so se lo intende davvero. Sospetto che stia *fingendo* la nostra relazione nello stesso modo in cui l'ha *finta* con i nostri genitori.

Ci sono sentimenti coinvolti. So che tiene ancora a me, ma ultimamente è diventato più distante, e mi fa male chiedermi se avrò mai veramente il suo cuore.

«No,» risponde Luca con voce roca, il respiro pesante mentre si allontana dal bacio, ponendo fine alla nostra dimostrazione.

Vorrei che fosse durato più a lungo. Potrei passare tutta la notte a baciarlo e basta.

«I ragazzi si ritrovano a casa dopo la partita. Sei la benvenuta se vuoi unirti a noi, Kensley,» dice e mi prende la mano, intrecciando le nostre dita.

Porta le nostre mani unite alle sue labbra, baciando il mio palmo. Le farfalle svolazzano nel mio stomaco, e mi alzo sulle punte dei piedi, rubando un altro assaggio delle sue labbra.

Perché con Luca, un bacio non è mai abbastanza. Lo desidero dalla notte in cui siamo finiti a letto insieme, settimane fa.

Ma quelle poche settimane sembrano mesi, anni addirittura, mentre sento l'impulso di infilarmi di nuovo nel suo letto.

Lui sorride e mi bacia la guancia. «Venite con me voi ragazze?»

«Se hai posto per entrambe,» dice Kensley.

«C'è sempre posto per l'amore della mia vita e la sua migliore amica.»

Sta ancora recitando, e dannazione, il mio cuore ci casca ogni volta.

Entrando in casa sua, la maggior parte dei suoi compagni di squadra sta festeggiando la vittoria. La birra viene passata in giro, e Ashton è sul divano con Nova.

«Non lasciarla bere!» Luca indica Nova.

«Oh, andiamo, ho la stessa età di Harper adesso. Non puoi più comandarmi.»

«Hai ancora meno di ventuno anni. Non hai scuola domani?» Luca la fulmina con lo sguardo.

«Giornata di aggiornamento per gli insegnanti, qualunque cosa significhi. Ho il giorno libero. Papà sa che sto da te.»

«Meraviglioso,» risponde Luca con freddezza. «Vado a prendere da bere per noi, torno subito.» Mi lascia un rapido bacio sulla guancia e si affretta ad andarsene.

Probabilmente è contento di liberarsi di me per un po'. Prevedo che sarà via più di qualche minuto.

Kensley mi dà una gomitata e mi sussurra all'orecchio. «Sai chi è quella ragazza?»

«Sua sorella minore,» dico. Ora che so chi è, non provo più alcuna gelosia. Si è rivelata divertente da frequentare.

«Harper!» Gli occhi di Nova si spalancano e si affretta a lasciare il divano, venendo verso di me. Mi getta le braccia attorno in un grande abbraccio.

Devo ammettere che è una bella sensazione. E la parte migliore è che è genuino, a differenza dell'affetto di Luca verso di me.

Presento Nova e Kensley. «Nova si unirà a noi nel campus il prossimo semestre,» dico.

«È fantastico,» dice Kensley. «Sai già in quale dormitorio ti trasferirai?»

«Nessun dormitorio. La mamma di Luca ha mosso qualche filo, e possiamo trasferirci in una proprietà nel campus, una casa dall'altra parte della città.»

«Cosa?» Kensley mi guarda. «Non mi hai detto che

avresti lasciato Quinn. Come hai potuto dimenticarti di dirmelo?»

Rido sottovoce. «Ti ho accennato che Zeke vivrà con me, e non sarà nei dormitori.»

«Oh, giusto.» Kensley fa una pausa e annuisce. La sua attenzione torna su Nova. «Quindi, tu e Ashton...»

Kensley ha una cotta per Ashton?

Nova guarda indietro verso di lui sul divano e sorride. C'è qualcosa lì, un sorriso che non avevo mai visto prima. «Non stiamo insieme, siamo solo amici, ma insomma, è Ashton Rinaldi,» dice con tanta convinzione che è difficile ignorarla.

«Capito,» dice Kensley con un sorriso. «Ti piace.»

I suoi occhi si spalancano inorriditi. «Sssh! Non puoi dire cose del genere qui. Faresti innervosire Luca...»

«Scusa!» Kensley si affretta a scusarsi. «Non dirò nulla. Promesso.» Si chiude la bocca e fa finta di buttare via la chiave.

«Grazie,» dice Nova ed espira pesantemente. Guarda di nuovo Ashton, e c'è decisamente qualcosa che le attraversa il viso.

Nostalgia?

Desiderio?

È successo qualcosa tra loro due?

Ashton non ne ha mai fatto parola, ma da quanto ho sentito da Luca, va a letto con tutte le ragazze del campus, soprattutto le matricole e quelle che flirtano con lui per l'hockey.

Ma non va mai a letto con la stessa ragazza due volte, il che mi fa preoccupare per Nova.

Se davvero le piace, non voglio che le spezzi il cuore.

«Stai solo attenta con lui,» dico, mantenendo la voce bassa.

Con tutto il chiasso, è improbabile che qualcun altro mi senta, e posso vedere che Nova fa fatica a sentire il mio avvertimento.

«Non devi preoccuparti per me. Mamma mia, tu e Luca siete così simili,» dice Nova con una risata nervosa. «Diventerai anche tu il mio grande protettore? E pensare che stavo per chiederti come stai e dirti che mi sei mancata questo weekend.»

«Sto bene, e anche tu mi sei mancata.» La cena sarebbe stata molto più facile se Nova e i suoi genitori fossero stati presenti. Forse avrebbero potuto essere il cuscinetto di cui avevamo disperatamente bisogno.

La tiro a me per un altro abbraccio e le sussurro all'orecchio: «Ho bisogno di qualcuno dalla mia parte.» Nova è l'unica di cui posso fidarmi senza dubbio.

Non che non mi fidi di Kensley, è la mia migliore amica, ma non posso raccontarle quello che è successo a casa dei genitori di Luca.

Non posso parlare del bambino scomparso che ho trovato chiuso in cantina o del fatto che i suoi genitori sono mafiosi.

Almeno Nova sa tutto. È qualcuno con cui posso confidarmi e fidarmi che non mi farà uccidere.

Almeno, non credo abbia alcun motivo per odiarmi.

Nova si allontana e mi rivolge un sorriso sincero. Mi stringe il braccio. «Sono dalla tua parte, sorella. Non ti abbandono da sola.»

Kensley osserva con evidente curiosità, e poi Luca ritorna con passo disinvolto, due birre in mano, offrendomene una.

«Offri una birra a Harper ma non a me? Abbiamo la stessa età, stronzo.» Nova fulmina Luca con lo sguardo, e giuro che è pronta a iniziare una lite con lui.

Le porgo la mia birra. «Prendila tu.»

«Harper!» Luca ringhia contro di me, e io spingo Nova verso il divano. «Vai a far compagnia ad Ashton; tienilo occupato. Sembra solo.»

Nova prende volentieri la bottiglia di birra ma finge di guardare male Ashton e poi me. «Sul serio? Come se non lo vedessi già abbastanza per tutta la serata.»

Ma dagli sguardi e dalla conversazione di prima, sospetto sinceramente che sia brava a fingere di non amare Ashton quanto Luca è bravo a fingere di amare me.

Luca mi sta ancora fulminando con lo sguardo. «Non posso credere che le hai dato quella birra.»

«Beh, non dovrai preoccupartene ancora per molto,» dico.

«Perché?» chiede e si avvicina, invadendo il mio spazio personale. Mi sposta un ciuffo di capelli dagli occhi.

«Il prossimo semestre, Nova e io vivremo qui, con Zeke.»

Mi osserva per un momento, mentre realizza ciò che ho detto. La sua vita sta per cambiare.

«Troveremo semplicemente un altro posto dove festeggiare dopo una vittoria,» dice Luca, ma c'è qualcos'altro dietro il suo sguardo che non riesco a decifrare.

Kensley guarda Luca. «Qualcuno dei tuoi amici è single?» chiede.

Lui ride sotto i baffi. «Certo, ma dipende. Stai cercando un'avventura o una relazione?»

«Non ho bisogno di sposarmi,» dice, fissando Luca, e ho la sensazione che stia lanciando una frecciatina, ma non sono sicura del perché. Kensley mi ha sempre sostenuta al cento per cento riguardo al fidanzamento e alla scoperta di avere un figlio.

Lui ride cupamente e sorseggia la sua birra. «Ashton è interessato solo ad avventure di una notte.» Indica il suo altro coinquilino, che ho visto raramente in casa. «Liam è più interessato a rapporti di amicizia con benefici, da quanto ho sentito. Poi c'è Chase, che è tornato single da poco, e immagino sarebbe sesso di ripiego. È ancora piuttosto legato alla sua ex.»

Kensley guarda i ragazzi che Luca ha indicato e poi torna a guardare me. «Penso che tu sia stata fortunata e abbia scelto uno buono.» Mi dà una pacca sul braccio. «Vado a socializzare.»

«Certo,» dico sorridendo, guardandola allontanarsi tra la folla. Non so come faccia. Odio i grandi assembramenti. La casa in questo momento mi sembra opprimente, ma con Luca al mio fianco, mi sento almeno un po' meglio.

«Come stai?» mi chiede, le sue labbra che mi sfiorano l'orecchio.

«Bene.»

Mi fissa, aspettando una risposta sincera, a quanto pare.

«Sai che non sono una grande amante delle feste,» confesso.

«Vuoi salire di sopra, stare un po' soli, solo noi due?» chiede Luca.

In silenzio, annuisco, e lui mi prende per mano e mi porta di sopra nella sua camera. Entrando, chiude la porta dietro di noi, e il chiacchiericcio e il frastuono sembrano svanire dietro la porta chiusa.

Sebbene possa ancora sentire il trambusto, è attutito.

Il mio battito cardiaco rallenta fino a un ritmo regolare. Non mi ero accorta che stesse accelerando. «Posso sedermi?» chiedo, indicando il suo letto.

«È anche la tua stanza,» dice. «Lo sarà abbastanza presto.»

La mia bocca si schiude, e un sospiro leggero mi sfugge. Non avevo nemmeno considerato che avremmo *condiviso* una camera da letto insieme.

«Cosa?»

«Pensavo solo che avremmo avuto le nostre stanze separate nella nuova casa.»

Gli occhi di Luca brillano, ma non c'è alcun sorriso sul suo viso. Si avvicina e mi guida a sedermi sul letto accanto a lui. Forse avere del tempo da soli, noi due, è una buona idea.

Abbiamo ancora così tanto di cui parlare, e sento di vederlo a malapena ultimamente. Almeno, non lo vedo in privato, solo noi due, dove possiamo parlare liberamente.

«Tuo figlio, Zeke, avrà una sua camera. A meno che tu non preferisca condividerne una con lui e dormire in stanze separate. Il nostro matrimonio è una messa in scena, e chiunque viva sotto il nostro tetto già conosce la verità sul nostro rapporto.»

«È che... non pensavo che avresti voluto condividere il letto con me,» sussurro.

L'unica volta che ha mostrato un qualche affetto è stato quando era costretto perché qualcuno stava guardando e doveva recitare la sua parte.

Mi prende la mano, tenendola tra i suoi palmi. «Ci tengo profondamente a te, Harper. Per favore, non pensare che i miei sentimenti non siano reali. Non avrei fatto questo, non avrei proposto il matrimonio, se non tenessi a te.»

«Lo so,» sussurro, rendendomi conto che non è un peso solo per me. È un fardello che anche lui è costretto a portare. Il mio cuore fa male, ho lo stomaco annodato, e guardo verso il basso, non volendo che veda il dolore impresso sul mio viso. «Mi dispiace.»

Le lacrime mi rigano le guance, e lascio la presa sulla sua mano per asciugarle.

Non è così che pensavo sarebbe andata la mia vita.

Zeke è stata una sorpresa.

È stata una montagna russa emotiva, ma sentivo di essere finalmente tornata in carreggiata, e ora, sto deragliando di nuovo.

Luca mi avvolge le spalle con le braccia, tirandomi contro di lui. Il suo abbraccio è caldo, deciso, il suo respiro mi solletica il collo mentre mi stringe forte.

«Ogni giorno che passiamo insieme, mi innamoro sempre più di te,» sussurro tra le lacrime.

Vengo accolta dal suo silenzio.

Che porta solo a più lacrime che scendono come una cascata, e per quanto velocemente cerchi di nasconderle, continuano ad arrivare.

Ma lui continua a tenermi, senza cedere minimamente nella sua stretta. Invece, mi tira sulle sue ginocchia.

«Ci sono io,» dice, e la sua guancia sfiora la mia.

La sua pelle è calda, e il suo tocco mi attira più vicino. Mi sposto leggermente, alzando la testa, i nostri respiri che si mescolano.

Voglio baciarlo. Bramo di sentire il suo corpo contro il mio, ogni centimetro di lui nudo, ma temo che si allontanerà da me come ha fatto nelle ultime due settimane.

«Harper,» geme il mio nome nonostante le nostre labbra non si siano ancora sfiorate. Ma solo quel suono è sufficiente per risvegliare tutti i miei sensi.

Intreccio le dita tra i suoi capelli, colmando il divario lentamente, senza sforzo mentre lo assaporo. La sua bocca contro la mia è come fuoco, e non ne ho mai abbastanza.

Le sue mani vagano sul mio corpo. Una mano preme contro il mio fianco, tenendomi stretta a lui, mantenendomi saldamente sulle sue gambe.

I polpastrelli delle sue dita sfiorano l'orlo della mia maglietta, trovando pelle nuda mentre solleva il tessuto solo leggermente, il suo tocco che stuzzica il bordo dei miei jeans.

Le mie labbra sono fuse con le sue; baci infuocati non sono affatto sufficienti.

Lo voglio.

Ho bisogno di lui.

Una sua mano rimane sul mio fianco, l'altra mi accarezza la guancia, aprendo la mia bocca, approfondendo il bacio.

Il mio bisogno è pari solo al suo.

Il desiderio si fonde con la necessità mentre mi trascina all'indietro, più lontano sul materasso e si sdraia, lasciandomi stare sopra di lui.

Mantiene un braccio intorno al mio fianco, non lasciandomi sfuggire dalla sua presa.

Mi sposto solo leggermente per cavalcare completamente i suoi fianchi, e Luca geme quando sfrego contro di lui.

«Se non vuoi andare fino in fondo stasera, allora dobbiamo fermarci adesso,» ringhia Luca.

Sta cercando di fare il gentiluomo.

Cazzo, lo desidero da quella notte in cui sono

strisciata nel suo letto, e non ho mai smesso di volerlo, nemmeno una volta.

Mi sposto leggermente in modo da portare le mani alla vita per togliermi la maglia.

«Lasciala addosso,» dice Luca e mi sorride. «Mi piace vederti con la mia maglia. Ti scoperò con quella addosso se me lo permetti.»

La mia intimità si contrae alle sue parole, e le mie labbra catturano le sue. Sbottono i jeans con urgenza, li apro velocemente e li scalcio via.

Vestita solo con le mutandine e la maglia dei Narwhals, mi strofino contro i suoi fianchi, sentendo l'effetto che gli provoco.

«Mi farai morire» geme.

Gli poso un bacio sulle labbra e poi scendo lungo il collo. Sollevo lentamente la sua maglietta, tracciando delicati disegni di baci caldi e tocchi leggeri sul suo petto mentre lo aiuto a spogliarsi.

Lui geme sotto il mio tocco, il suo corpo risponde ad ogni carezza sulla pelle nuda mentre lo porto a indossare solo i boxer.

Ci ribalta, prendendo il controllo, le sue mani si spostano dai miei fianchi fin sotto la maglia. «Hai ancora troppi vestiti addosso.» Nota il mio reggiseno e ne pizzica il gancetto.

Si sposta da me quel tanto che basta perché io possa togliermi il reggiseno mentre lui lancia i suoi boxer verso la porta, poi scende lungo il mio corpo, agganciando con le dita l'elastico delle mutandine e guidandole giù lungo le mie cosce.

«Sei stata brava per me?» chiede Luca, guardandomi dall'alto, dritto nell'anima.

Mi mordo le labbra, incerta su cosa stia chiedendo.

«Ti sei toccata da quando ti ho fatto venire?» chiede Luca.

I miei occhi si spalancano, e il respiro mi si blocca in gola.

«L'hai fatto, vero? Quando sarai mia moglie, l'unico che ti farà venire sarò *io*.»

Gemo piano, e la mia testa si abbandona all'indietro mentre il suo respiro mi solletica l'interno coscia. Mi sta provocando deliberatamente e se la sta godendo.

«Vuoi che ti tocchi?»

«Sì» sussurro, intrecciando le dita nei suoi capelli.

Ridacchia e bacia le mie cosce avvicinandosi, centimetro dopo centimetro, al mio centro pulsante, ma si sta prendendo tutto il suo maledetto tempo.

«Mi stai uccidendo» gemo, diventando irrequieta.

«Allora implorami» dice, i suoi occhi grigi che trafiggono i miei. «Mi pregherai di scoparti con la lingua?»

Il suo respiro solletica le mie labbra intime mentre lascia che la sua bocca si avvicini sempre più, e io mi sporgo verso di lui.

«Non ancora» ordina. «Non mi hai ancora supplicato per quello che vuoi.»

«Voglio sentire la tua lingua su di me.» La mia voce è roca; mi tradisce mentre sto già ansimando, il cuore che batte all'impazzata, e lui mi ha a malapena toccata.

«Brava bambina» sussurra, e la sua bocca scende sulla mia intimità. La sua lingua mi stuzzica, colpisce e lecca, le sue mani tengono fermi i miei fianchi, mantenendomi contro di lui mentre inizio già a tremare.

I miei occhi si chiudono e le mie labbra si schiudono, già sentendo il calore diffondersi in tutto il corpo.

«Occhi su di me, piccola» dice Luca, e io faccio fatica a sostenere il suo sguardo.

«Mi piace quando mi ascolti.» Un sorriso si allarga sul suo viso e la sua bocca scende di nuovo, portandomi proprio sull'orlo prima di allontanarsi.

«Stronzo» mormoro, e lui ridacchia.

«Sei così dannatamente sexy quando sei eccitata e frustrata» dice Luca.

Gli mostro il dito medio, e lui mi si lancia addosso, immobilizzandomi, legando le mie mani con la sua presa.

«Sei incredibilmente sexy» dice, e sento il mio corpo sciogliersi solo per le sue parole. «Vediamo quanto sei pronta per me.»

Le sue dita stuzzicano le mie pieghe, inserendo un dito che subito incurva, e io mi sposto leggermente, trovando quel punto speciale.

Con gli occhi socchiusi, lo guardo, ma la battaglia è ardua e lascio che i miei occhi si chiudano.

«Hai appena fatto le fusa?» sussurra Luca al mio orecchio mentre un gemito sommesso mi sfugge dalle labbra. «Dio, è dannatamente eccitante.»

La sua bocca è sulla mia mentre guida due dita spesse dentro di me, accarezzandomi.

Il suo tocco è come fuoco, invia scintille che attraversano tutto il mio corpo mentre il calore inonda ogni parte di me, e quando spinge un terzo dito dentro, le mie pareti si stringono, sentendo l'onda del mio primo orgasmo avvicinarsi.

Continua ad accarezzarmi con le dita, curvandole dentro mentre le sue labbra catturano la mia bocca. La sua lingua spinge oltre le mie labbra mentre mi sollevo, la schiena che si inarca verso di lui mentre inseguo l'onda prima che si infranga.

Il mio cuore batte forte contro il petto, il mio corpo trema nella sua stretta, mentre gemo e sussulto, lasciandomi finalmente andare.

Mi servono alcuni secondi per riprendere fiato, e Luca allenta la presa su di me.

«Adoro guardarti venire per me» dice Luca, baciandomi le labbra mentre io mordicchio il suo labbro inferiore con un sorriso malizioso.

«Voglio assaggiarti» dico, scendendo lungo il suo corpo, facendoci rotolare così che lui si ritrovi sulla schiena. Mi muovo giù per il suo corpo, il mio respiro che stuzzica la punta prima che la mia lingua si allunghi per toccarlo. Lascio una scia di baci lungo tutta la sua lunghezza, ascoltando ogni suono che emette, memorizzandoli tutti.

Ad ogni colpo della mia lingua, il suo respiro accelera. Lascio che le mie dita sfiorino l'asta, il mio tocco delicato ma deciso mentre lo porto più in profondità oltre le mie labbra.

«Cazzo, Harper.» Geme, e le sue dita si intrecciano nei miei capelli, tirandomi via. «Non così,» mormora.

«Non vuoi che ti faccia finire?» chiedo, guardandolo dal basso, respirando affannosamente mentre mi trascina di nuovo sul letto supina.

«Sei una ragazza così brava per me, ma voglio che la tua fica lo prenda tutto,» sussurra al mio orecchio. «Preferirei sentirti stretta intorno al mio cazzo.»

Mi blocca contro il letto, e odio ammettere che adoro la sensazione di essere dominata da lui. È una novità per me, lasciare che qualcun altro abbia il controllo, e Luca soddisfa sicuramente tutti questi requisiti.

Allunga la mano verso il comodino e prende un preservativo, lo infila sul suo cazzo e si posiziona al mio ingresso.

«Sei così sexy, Harper.» Mi guarda dall'alto, una mano che scivola sotto la maglia, accarezzandomi il seno, mentre l'altra mano rimane fermamente piantata sul suo cazzo.

Strofina la punta sulla mia fica, rendendomi irrequieta e impaziente.

Muovo i fianchi, cercando di avvicinarlo e guidarlo dentro di me, ma lui preferisce prendersi il suo tempo e trascinare ogni secondo verso l'eternità.

Una dolce, fottuta tortura.

«Voglio che mi scopi, Luca,» gemo. «Ti prego.» Suono disperata, ma mi sento più bisognosa di quanto non sia mai stata in vita mia.

Chiaramente, non sono al di sopra dell'implorare.

Se è questo che ci vuole per far sì che mi dia ciò che desidero ardentemente, ovvero il suo cazzo, allora così sia.

«Brava ragazza,» sussurra e copre le mie labbra con le sue. «Mi piace quando mi implori.»

Ma non sta ancora spingendo il suo cazzo dentro di me.

«Hai intenzione di scoparmi o di parlare?» ansimo, già senza fiato dal desiderio, e la frustrazione comincia a montare.

Ridacchia mentre guida il suo grosso cazzo dentro di me.

«Guarda come lo stai prendendo bene,» sussurra nel mio orecchio e mi tira il lobo tra i denti.

Si muove con me, i suoi fianchi che sbattono contro i miei ad ogni spinta, e io gli sto graffiando la schiena, bramando ancora più contatto con lui.

Lo prendo più in profondità, circondandolo con le gambe, non lasciandolo andare mentre seguo i suoi movimenti, strofinandomi contro di lui.

«Continua a fare così,» ringhia, e guardo mentre l'euforia offusca i suoi lineamenti. Fatica a tenere gli occhi su di me, le braccia ai lati mentre mantiene il ritmo, e sta vacillando sull'orlo del piacere.

«Cazzo, sei così bella,» ansima, e posso vedere la sua lotta interiore per il controllo mentre il suo corpo si avvicina all'apice.

Mi stringo attorno al suo cazzo, contraendomi mentre l'orgasmo comincia a fluire attraverso di me, e il calore inonda i miei sensi.

«Vieni con me,» sussurro nel suo orecchio, la mia lingua che stuzzica il punto sensibile sul suo collo che sembra eccitarlo. «Sono così vicina, Luca.»

«Mi farai morire,» ansima, e so che è vicino anche lui. Geme, e i suoi respiri e la sensazione di lui dentro di me sono sufficienti a farmi precipitare di nuovo nell'oblio.

Non devo dirgli che sto venendo. La mia schiena si inarca dal materasso, le dita dei piedi si arricciano, il gemito mi squarcia mentre le mie mani gli graffiano la schiena fino a scendere al suo sedere, avvicinandolo, stringendolo, bisognosa di sentirlo sepolto il più profondamente possibile dentro di me.

Ed è solo allora che sento Luca lasciarsi andare. Il

suo corpo trema e si irrigidisce, ansimando in cerca d'aria mentre finalmente crolla sopra di me.

Dopo, mi tira contro di sé, il preservativo gettato via e le luci spente. C'è ancora musica che pulsa attraverso le pareti perché la festa non si è ancora placata, ma niente di tutto ciò mi importa.

Ci siamo solo noi due, insieme, nel nostro piccolo mondo.

Il braccio di Luca mi tiene stretta mentre la mia schiena è accoccolata contro di lui.

I suoi respiri lenti e regolari mi accarezzano il collo mentre siamo sdraiati insieme nel letto. «Merda,» mormora contro il mio collo e lascia un pigro bacio sulla mia pelle nuda.

«Cosa c'è che non va?» chiedo, girandomi leggermente per guardarlo.

Mi stringe più forte.

«Nova è di sotto. Avrà bisogno di un letto per stanotte. Di solito, lascio che dorma qui e io prendo il divano.»

Si gira sulla schiena, e io mi sposto, appoggiando

una gamba sui suoi fianchi. «Può prendere lei il divano,» dico.

«Sì, ma se qualcuno dei ragazzi si ferma, non voglio che le mettano le mani addosso o la facciano sentire a disagio.»

Rimane in silenzio per un momento, e non posso fare a meno di pensare che si sia addormentato.

«Ashton sa come la penso riguardo a Nova che resta qui durante le feste. È un buon amico. Sono sicuro che le offrirà il suo letto per dormire.»

SETTE

NOVA

La birra che Harper mi ha dato è assolutamente disgustosa. Non c'è da meravigliarsi che me l'abbia offerta. Sa di piscio.

Non che abbia mai bevuto urina, sto solo supponendo che sappia così perché è incredibilmente orribile.

Afferro una bottiglia d'acqua e mi lascio cadere sul divano accanto ad Ashton.

«Nessuna conquista sexy stasera?» chiedo.

Sono perfettamente consapevole che ha il marchio del donnaiolo scritto ovunque.

«Vedi molte ragazze attraenti qui?» chiede Ashton.

Mi guardo intorno e so che ha ragione. La festa è stata organizzata all'ultimo minuto. Esclusivamente perché hanno vinto con un distacco enorme.

Se avessero perso, i ragazzi sarebbero a casa a compatirsi da soli.

«Voglio dire, c'è quella ragazza là,» dico facendo un cenno, cercando di non gesticolare troppo per indicarla.

È una rossa, carina, ma vestita in modo poco lusinghiero, non che ai ragazzi probabilmente importi molto dello stile di una ragazza. Ma sta parlando con Chase, un altro dei giocatori dei Narwhals.

«Sì, credo che Chase abbia la precedenza su di lei.»

«Sono felice di farti compagnia,» dico scrollando le spalle come se non mi dispiacesse essere la sua amica per la serata.

Insomma, non è esattamente quello che vorrei riguardo ad Ashton, ma devo giocare con cautela. Andrò a vivere con lui tra un paio di settimane.

L'ultima cosa che vogliamo è una situazione complicata.

Ho fatto del mio meglio per moderare questi pensieri, specialmente davanti a mio fratello maggiore. L'ultima cosa di cui ho bisogno è che Luca mi faccia da guastafeste e mi costringa a vivere nei dormitori durante il mio primo semestre.

Forse sospirare per Ashton è una cattiva idea, ma cazzo, è Ashton Rinaldi ed è bellissimo. È difficile non immaginare come sarebbe nudo.

E l'ho visto a torso nudo.

È un gran bell'esemplare.

Sono abbastanza sicura che lo sappia anche lui. Probabilmente è per questo che riesce a portarsi a letto mezza Evergreen.

«Mi stai fissando. Ho un moccolo che mi esce dal naso?» Si passa una mano sul viso e io lo spingo giocosamente.

«Che schifo, e tu sei perfetto. Voglio dire, sembri perfetto. Stai bene. Ora sto zitta.»

Merda.

Do la colpa ai due sorsi di birra-piscio per la mia lingua sciolta.

Ashton mi offre il suo sorriso malizioso, e il suo naso si arriccia leggermente.

Santo cielo, è raro vedere quel sorriso.

«Se non ti conoscessi meglio, direi che hai una cotta per me.»

Cazzo.

«Nei tuoi sogni, Ashton,» dico, negandolo.

Non può saperlo.

Cioè, mi piace. Lo voglio, ma questo, qualunque cosa sia tra noi che si sta evolvendo lentamente, non può accadere.

Luca ucciderebbe Ashton.

«Sei apparsa in alcuni dei miei sogni,» dice Ashton e beve un altro sorso di birra.

Oh, merda. Ha davvero appena detto che sogna di me?

Mi sta prendendo in giro? Sembra qualcosa che farebbe un amico di Luca.

Ma questo è Ashton, non è solo un amico qualsiasi o un coinquilino di Luca. Frequento Ashton da mesi. Diavolo, mi ha persino lasciato fargli una manicure colorata senza battere ciglio.

Nemmeno mio fratello era così disposto ad accontentarmi.

«I tuoi sogni?» ripeto, con il respiro che mi si blocca in gola. Non so nemmeno come rispondere perché è Ashton, ed è questa cotta in continua evoluzione dalla quale non riesco a fuggire, né voglio farlo.

Ashton si allunga e appoggia le braccia sullo schienale del divano.

Ho visto quella manovra nei film, quando un ragazzo vuole mettere un braccio attorno alle spalle di una ragazza.

Sta facendo il timido o mi sta prendendo in giro?

Onestamente non riesco a capirlo, e prendo un altro sorso di quella disgustosa bevanda pisciosa solo per raccogliere un po' più di coraggio.

Purtroppo, non è una pozione istantanea "bevi-e-sii-coraggiosa".

«Non vuoi sentire parlare dei miei sogni,» dice Ashton e mi fa l'occhiolino.

Il mio corpo si scalda e mi sposto sul divano per guardarlo.

«Stai flirtando con me, Ashton?»

I suoi occhi si stringono e sorride pigramente. «Sarebbe così male se lo facessi, Nova?»

È il modo in cui pronuncia il mio nome che mi fa sentire brividi fino al centro del mio essere.

Ashton si avvicina, le sue labbra mi sfiorano l'orecchio. «Non riesco a smettere di pensare a te. Invadi tutti i miei pensieri, i miei sogni. Voglio baciarti.»

La mia bocca si socchiude e lo fisso incredula. Se è un gioco, è crudele.

«Vuoi baciarmi?» La mia voce mi tradisce mentre la bocca mi diventa secca. Santo cielo, non avrei mai pensato che un ragazzo potesse far ardere il mio interno solo con una semplice frase.

Il suo pollice mi sfiora la guancia, la mano sul mio mento, guidando le sue labbra verso le mie. «Dimmi di fermarmi se non mi vuoi, Nova.»

È quella voce che fa accapponare la pelle quando sussurra il mio nome. Forse è solo perché ho una cotta tremenda per Ashton Rinaldi.

Le sue labbra si avvicinano, aleggiando sulle mie, il suo respiro che si mescola col mio mentre si ferma, aspettando che io faccia la prossima mossa e mi avvicini o mi allontani.

La sua delicata carezza sulla mia guancia mi attira verso di lui, portando le sue labbra contro le mie. Il bacio è dolce e tenero all'inizio, gentile e invitante.

Non voglio che finisca, e lo tiro contro di me, assaporando il sapore di birra e qualcos'altro distintamente di Ashton.

Ha un profumo incredibile. Si è fatto la doccia dopo la partita, e l'odore fresco è ancora lì, come un profumo mischiato a un sapone legnoso che solletica i miei sensi.

È unicamente Ashton, e potrei respirarlo per sempre.

Le nostre labbra si intrecciano, e le sue dita si spostano alla base del mio collo, tenendomi stretta, avvicinandomi ancora di più.

Sento il desiderio crescere e salgo sul suo grembo, mettendomi a cavalcioni.

La sua bocca è fusa con la mia, le mie mani accarezzano la sua schiena, tenendolo vicino, bisognosa di sentirmi tutt'uno con lui.

Ashton si tira indietro, entrambi siamo ansimanti e in cerca d'aria. Appoggia la sua fronte contro la mia mentre mi guarda dritto nell'anima.

«Dovresti tornare a sederti sul divano se non vuoi che questo vada oltre,» dice Ashton.

Il mio cuore batte all'impazzata mentre cerco di riprendere fiato.

«Ti voglio,» sussurro, trovando il coraggio di dirgli esattamente come mi sento.

Lui geme e copre di nuovo le mie labbra con le sue.

Questa volta, il bacio è ancora più intenso, la sua lingua si fa strada nella mia bocca mentre mi stende sul divano e si mette sopra di me.

Il suo peso mi fa sentire al sicuro, confortata mentre mi cosparge di baci lungo la mascella e poi torna alle mie labbra.

«Non possiamo farlo qui sotto,» sussurro, guardandolo con una risata.

Non siamo solo noi due in questa stanza. I suoi coinquilini e compagni di squadra stanno guardando. Anche se la maggior parte sembrano distratti. Non è la prima volta, sono sicura che hanno già visto due persone che si baciano.

Ma alcuni occhi sono puntati su di noi, Liam ci fissa con sguardo severo, e non posso fare a meno di preoccuparmi che potrebbe dirlo a Luca.

Chiunque di loro potrebbe farlo.

«Portami di sopra a letto,» dico, desiderando che Ashton mi mostri la sua stanza.

Mi solleva tra le sue braccia con facilità. «Non me lo faccio ripetere due volte.» Mi porta fino alle scale.

Gli colpisco il petto. «Mettimi giù subito!» L'ultima cosa che voglio è rotolare giù perché sta facendo lo sbruffone davanti ai suoi amici.

«Va bene,» brontola Ashton e mi fa posare i piedi a terra, con le mani sui miei fianchi mentre le sue dita sfiorano la mia pelle sotto i vestiti.

Il suo tocco è travolgente, e gli avvolgo le braccia intorno al collo, prendendomi un altro assaggio. «Fammi strada,» mormoro tra i baci.

Mi prende per mano e mi guida di sopra.

Ho dormito nella stanza di Luca in passato, ma non sono mai stata nella camera da letto di Ashton.

Silenziosamente, passiamo davanti alla stanza di mio fratello e ci affrettiamo verso la stanza di Ashton. Apre la porta, accende la luce e mi fa cenno di entrare per prima.

C'è un cesto della biancheria nell'angolo della stanza, alcuni vestiti sporchi che pendono da esso che chiaramente sono stati lanciati ma non sono finiti dentro.

Sul cassettone ci sono vestiti piegati che non sono stati messi via, ma non è terribile come pensavo che sarebbe stato.

Non ci sono involucri di cibo o scatole di pizza vuote sul pavimento.

La stanza profuma di lui ma in modo più fresco, come una foresta di querce e sempreverdi. Noto una candela in un angolo della stanza.

«Quindi, questa è la tua stanza,» dico, osservando tutto.

«Non è quello che ti aspettavi?» Chiude la porta e la blocca, dandoci un'ampia dose di privacy.

«Con il modo in cui Luca parla di te dicendo che sei disordinato, mi aspettavo una zona di guerra,» confesso. «Non è male.»

Ashton sorride compiaciuto e si siede sul bordo del materasso. «A Luca piace esagerare.»

Rido sottovoce e percorro la distanza rimanente, desiderando sentirlo sotto il mio tocco.

«Se lo facciamo, Luca non deve saperlo,» dico.

«Vuoi che mantenga un segreto con il mio migliore amico?» Ashton appoggia le mani ai lati del letto e si inclina all'indietro.

Un sincero sorrisetto gli attraversa il viso.

«Che c'è?» chiedo.

«Non sarebbe il primo segreto che gli tengo nascosto.»

«Ti va di spiegare meglio?» Giuro che sa come tenermi sulle spine. Mi arrampico sul suo grembo, mettendomi a cavalcioni di nuovo, questa volta grata per la privacy.

«No, altrimenti non sarebbe un segreto,» dice Ashton. Si sporge verso di me, il suo respiro mi solletica il collo, lasciando una scia di baci prima di trovare quel punto super sensibile che mi fa agitare i fianchi sopra i suoi.

Le sue mani mi stabilizzano la vita con una risata sommessa. Le sue labbra si fermano sul mio collo, e solleva la testa, incrociando il mio sguardo. «Devo sapere una cosa, e sii onesta con me, Nova.»

«Sempre.» Non ho alcun motivo per mentirgli o nascondergli qualcosa. Lui sa della mia famiglia, chi sono, cosa fanno. Io so che suo padre gestisce la mafia di Chicago.

Non siamo così diversi, noi due.

E non ci sono grandi segreti tra di noi.

Posso convivere con il mantenere un segreto a mio fratello.

«Sei vergine?» chiede Ashton.

«Sì, ma questo non cambia il fatto che so cosa voglio,» rispondo.

Il suo sguardo si indurisce per un breve momento. Sta esitando, e odio che la mia onestà stia causando questo.

«Avrei dovuto dirti che non lo ero, dato che chiaramente ti disturba.»

Ashton mi tiene il viso, il suo sguardo non vacilla mai. «Non mentirmi mai.»

«Non l'ho fatto, ma stai pensando o che sono intoccabile o patetica. Non so quale delle due.»

Ashton mi guida sulla schiena, sdraiandosi accanto a me sul materasso. La sua mano rimane sul mio fianco, tenendomi vicina a lui.

«Non sei patetica,» dice con voce pesante e profonda.

«Quindi sono intoccabile,» mormoro e cerco di girarmi per scendere dal letto, ma lui mi tiene saldamente, portandomi più vicino a sé.

«Le tue emozioni sono fragili.» Mi sposta una ciocca di capelli dietro l'orecchio, e io mi appoggio al suo tocco.

«Non mi spezzerò, Ashton. Conosco la tua reputazione. Vai a letto con una ragazza una volta e poi passi oltre.»

I suoi occhi hanno un guizzo, e aggrotta la fronte. «È questo che vuoi? Una notte sola?»

Non sono così stupida da pensare che mi darebbe più di quello. «Prenderò quello che posso avere con il giocatore più sexy dei Narwhals.» Sorrido maliziosamente, e lui si allontana.

«Cosa ho detto?» Mi metto seduta sul letto, confusa. «Ho visto le ragazze con cui vai a letto. Ho sentito cose da Luca. Tu non fai relazioni. Ti sto dicendo che va bene così.»

«Lo dici adesso, ma so che non è vero.»

Perché sta mettendo in dubbio quello che dico? «È perché non ho mai fatto sesso con un ragazzo? Ho fatto altre cose...» dico lasciando la frase in sospeso. «Solo perché non ho mai avuto un cazzo dentro di me, non significa che mi innamorerò del primo ragazzo che mi scopa.»

Lui ride cupamente.

«Cosa c'è di così divertente?» Mi metto seduta sul letto, spostandomi verso il bordo, e Ashton è subito lì accanto a me.

«Non litighiamo,» dice.

«Sei tu quello che mi sta dicendo che mi conosce meglio di quanto io conosca me stessa.» Mi alzo, ho bisogno di spazio. È assurdo quanto l'unico ragazzo per cui provo qualcosa abbia la capacità di eccitarmi e farmelo odiare allo stesso tempo.

Tranne che, in realtà, non lo odio.

Sono solo molto arrabbiata con lui perché prende decisioni senza di me.

«Se non sarai tu il mio primo, troverò qualcun altro di sotto che è disposto a fare sesso con me.» Lo sto provocando. Se non vuole essere ragionevole, allora immagino che sarà infelice stanotte.

Siamo in due.

Lo fisso mentre mi dirigo verso la porta della sua camera.

«Chase ha appena rotto con la sua ragazza. Sono sicura che sarebbe entusiasta di tornare a letto per del sesso di ripiego,» dico.

«Non scoperai con Chase Lancaster,» mi ringhia Ashton.

«Se lui non è interessato, c'è Liam, il tuo altro coinquilino,» dico. «Ho sentito dire che gli piacciono le amicizie con benefici, e io potrei davvero aver bisogno di un amico in questo momento.»

Ashton alza le braccia in aria.

«Per l'amor di Dio, Nova, io sono tuo amico!» Balza giù dal letto e mi impedisce di uscire. Mi afferra il braccio, facendomi girare. «Se vuoi che ti scopi, dillo e basta.»

«È quello che sto dicendo!» gli urlo, e la sua bocca è su di me, dura, veloce, furiosa.

È ruvido ed elettrizzante.

Afferra la mia maglia dei Narwhals e me la sfila con forza dalla testa. La lancia dall'altra parte della stanza e mi solleva tra le sue braccia.

Le mie gambe si avvolgono attorno alla sua vita mentre mi porta sul letto e mi distende sul materasso.

La sua bocca è su di me, e bacia un percorso lungo il mio collo, su quel punto sensibile della mia pelle, lo morde e io gemo.

Ashton ridacchia, e le sue mani mi abbassano i pantaloni. «Solleva i fianchi,» mormora contro il mio collo, aiutandomi a spogliarmi mentre continua a baciarmi scendendo lungo il corpo.

In mutandine e reggiseno, mi sposto indietro sul materasso mentre Ashton si spoglia rapidamente, non lasciando assolutamente nulla addosso.

I miei occhi sembrano non riuscire a staccarsi dal suo cazzo, ammirando la vista.

«È la prima volta che ne vedi uno dal vivo?» chiede, con un sorriso malizioso sul volto.

«Ho fatto delle cose con il mio ragazzo delle superiori,» dico.

«Vi siete lasciati l'anno scorso?» chiede Ashton, ricordando chiaramente ciò che gli avevo raccontato.

«Sì.»

I baci di Ashton sono dolci e caldi, distribuiti per tutto il mio petto, concentrandosi sui miei seni. «Dimmi cosa ti piaceva e cosa no.»

«Il sesso orale,» dico mentre lui mi abbassa il reggiseno e poi slaccia il gancetto, liberandomi dell'indumento.

«Ti piace o lo detesti?» chiede Ashton. La sua bocca si muove sul mio seno, la sua lingua lambisce il mio capezzolo, e io mi inarcò verso di lui.

Cazzo, sa quello che fa. Non posso dire lo stesso del mio ex del liceo.

«Non mi piaceva particolarmente,» confesso. «Mi sentivo solo molto bagnata e strana.»

Le labbra di Ashton si spostano sul mio stomaco fino all'ombelico. Il mio stomaco trema mentre lui deposita leggeri baci a farfalla sulla mia pelle e le sue dita si agganciano alle mie mutandine, facendole scivolare lungo le cosce.

«Saresti disposta a riprovarlo? O è un no categorico?» chiede Ashton.

«Una volta,» dico, alzando un sopracciglio verso di lui. «Ma non sei obbligato... pensavo che avremmo fatto sesso.»

Lui sorride e solleva i miei fianchi, guidando le mie gambe sopra le sue spalle. «Tesoro, lo stiamo facendo. Sto solo iniziando.»

Il mio polso accelera mentre il suo respiro mi solletica e accarezza la mia figa. L'anticipazione è un dolce tipo di agonia che non posso dire di aver mai provato prima.

Potrebbe essere anche la sua sicurezza, che mi fa sentire un po' più a mio agio.

Ashton bacia e lecca le mie pieghe, usando la lingua per scoparmi mentre guida lentamente le sue attenzioni lungo il mio clitoride. Ma non lo tocca. Va ovunque intorno ad esso con la lingua, vorticando e creando un motivo mentre picchietta e lecca, succhia e sfiora quel punto che brama il contatto.

Le mie mani si stringono sulle lenzuola, intrecciandole tra le mie dita, contraendosi mentre lui accarezza quel dolce punto perfetto facendomi impazzire.

Le mie gambe iniziano a tremare e il mio corpo vibra mentre il calore mi attraversa.

«Vieni per me, tesoro,» mormora Ashton e continua con lo stesso ritmo, facendomi volare oltre il limite mentre l'umidità fuoriesce da me e lui lecca ogni ultima goccia.

«Verdetto?» chiede, senza la minima preoccupazione per la mia risposta.

«È così che dovrebbe essere?» ansimo, mettendomi seduta sul letto, cercando di riprendere fiato mentre Ashton si avvicina e mi bacia.

«Non hai mai avuto un orgasmo prima?» indovina.

Arrossisco e distolgo lo sguardo nervosamente.

Ashton mi guida il mento in su per incontrare il suo sguardo. I suoi occhi brillano. «Non nasconderti mai da me,» dice con tale convinzione che il respiro mi si blocca in gola.

«Mai,» sussurro.

«E sei assolutamente adorabile quando vieni.»

«Ora è il tuo turno.» Sorrido maliziosa e lo spingo sulla schiena, mettendomi a cavalcioni su di lui.

«Non faremo la cowgirl per la tua prima volta,» dice Ashton.

I miei occhi si stringono, chiedendomi perché diavolo no, ma non era quello che intendevo. «Voglio provare a farti venire con la lingua. Mi... guiderai?» chiedo.

Non sono nemmeno lontanamente abile quanto

Ashton nel sesso orale, ma voglio che si senta fantastico.

I miei baci si spostano più in basso sul suo petto e lungo il suo addome.

Ashton geme e appoggia le mani sulle mie spalle. «Vorrei dire di sì, ma se avvolgi la tua lingua attorno al mio cazzo, non credo che riuscirò a fermarti stanotte. Concentriamoci solo su di te.»

«Smettila di fare il gentiluomo; è così diverso da te,» borbotto, e lui ride.

«Un gentiluomo ti porterebbe a cena prima di portarti a letto,» dice Ashton, e poi corruga la fronte.

Lo fisso. «Se anche solo pensi di fermarti, ti distruggo.»

Lui sorride e si avvicina, le sue labbra sfiorano le mie. «Non ci penserei nemmeno.» Ci fa rotolare sul letto, mettendomi sulla schiena, le sue labbra sul mio collo e le sue dita tra le mie cosce, che stuzzicano le mie pieghe aprendole.

Faccio scivolare la mano lungo il suo stomaco e poi più in basso, sfiorando la punta del suo cazzo con il pollice. «Non puoi dirmi che sei già pronto.» Lotto per mettere Ashton sulla schiena, volendo il controllo.

«Non me lo succhierai, Nova,» ringhia.

«Non ci penserei nemmeno,» lo prendo in giro con le sue stesse parole.

Ashton ringhia verso di me, ma so che è tutto un gioco, almeno credo che lo sia, finché non ci fa girare e mi placca di nuovo sulla schiena.

La sua bocca scende sulla mia, zittendomi prima che abbia il tempo di obiettare.

Le sue mani premono le mie sul materasso, intrecciando le nostre dita.

Quelle labbra. I suoi baci.

Le mie viscere si sciolgono, e tutti i pensieri di dominarlo svaniscono.

Si strofina contro i miei fianchi, e dannazione, mi sento pronta a sciogliermi di nuovo.

Una mano allenta la presa mentre guida le sue dita attraverso il mio fianco, il suo tocco è seducente e lascia una scia ardente come braci roventi sulla mia pelle.

La stanza diventa soffocante mentre il mio corpo si riscalda di nuovo, solamente grazie al suo tocco.

Mi accarezza il collo con il naso, i suoi baci e le sue labbra trovano quel punto che mi fa arricciare le dita dei piedi già solo con il suo respiro.

Come diavolo riesce a farlo?

Gemo e tremo, il calore si irradia attraverso di me, e mi chiedo brevemente se potrei fisicamente bruciarlo.

Le labbra di Ashton succhiano il mio collo prima di scivolare giù verso i miei seni mentre guida un dito nel mio calore. «Rilassati,» sussurra contro la mia pelle, la sua bocca che risale verso la mia.

«Difficile rilassarsi,» mormoro con gli occhi socchiusi mentre le sue dita danzano dentro la mia intimità e lui introduce un secondo dito dentro di me, allargandomi.

«Hai detto *difficile*.» Ashton mi sorride dall'alto.

Lo fulmino con lo sguardo, e il mio silenzio viene accolto da un bacio rovente sulle mie labbra. La mia bocca si schiude, desiderosa di assaporarlo.

Le nostre lingue si intrecciano, lottando per il controllo, ma io lo lascio guidare questa volta, perché è evidente che sappia quello che fa.

Il mio corpo è formicolante per le sue dita e per quello che ha fatto prima con la lingua.

Non so quanto resisterò prima che arrivi la prossima ondata.

«Voglio sentirti dentro di me,» sussurro tra baci infuocati.

Ashton fa scivolare un terzo dito, allargandomi, e il dolore è meraviglioso.

La mia schiena si inarca dal materasso, le dita dei piedi si arricciano mentre mi sento vicina. «Ashton, sto per...»

Mantiene lo stesso ritmo e la stessa velocità, le sue dita si curvano dentro la mia intimità mentre la prima ondata mi assale e il mio corpo trema contro il materasso.

Le nostre bocche si fondono, la mia lingua spinge oltre le sue labbra, bramando di più, con più bisogno di lui che di qualsiasi altra cosa in questo momento.

È come osservare una lucciola nell'oscurità di una notte estiva, e io la inseguo, cercando di catturarla.

«Vieni per me, Nova,» sussurra Ashton, e il suo respiro, la sua voce, il fatto che io sia effettivamente qui, nel *suo* letto, è sufficiente per portarmi oltre il limite.

Tremando e ansimando, il mio corpo si arrende mentre gemo il suo nome in estasi.

Crollo sul materasso, boccheggiando, cercando di far entrare aria nei miei polmoni mentre il cuore martella selvaggiamente contro la gabbia toracica.

«Avevi detto che mi avresti scopata,» dico con voce rauca, fulminandolo con lo sguardo.

«Tesoro, non abbiamo ancora finito,» dice Ashton mentre prende un preservativo e se lo mette prima di arrampicarsi sopra di me.

Sono contenta che lui stesse pensando in anticipo perché il mio cervello è in uno stato tale di confusione che mi sarei dimenticata della protezione.

Diamine, in questo momento riesco a malapena a ricordare il mio nome.

Ha il suo cazzo in mano, accarezzando l'asta, stuzzicando le pieghe della mia intimità mentre mi fissa.

«Riprendi fiato.» Ashton mi guarda dall'alto. «Ho bisogno che tu sia viva per la prossima parte.»

Sbuffo e gli colpisco il braccio.

«Cosa?» Fa finta di essere offeso, ma dubito che lo sia davvero perché non si sta spostando da sopra di me.

«Scherzare su *quello* proprio ora, è una vera stronzata.»

Ashton alza gli occhi al cielo. «Rilassati. Stai per avere il tuo terzo orgasmo della serata.» Sorride orgoglioso dall'alto; chiaramente, il suo ego è già stato accarezzato.

«Sta' zitto e scopami e basta.» Lo fulmino con lo sguardo.

«Oh, senti che linguaggio sensuale,» mi prende in giro Ashton. I suoi occhi brillano, chiaramente adora essere in controllo.

A quanto pare, non mi dispiace affatto che lui sia sopra. Mi piace abbastanza, ma non sono ancora pronta a dirglielo.

Mi stuzzica con la punta del suo membro, accarezzando le mie pieghe ma senza spingere dentro di me.

«Dimmi di nuovo come vuoi che ti scopi, ma dillo come se lo intendessi davvero,» ordina Ashton.

«Scopami,» dico, guardandolo male. «O andrò a chiedere a uno degli altri ragazzi di sotto di farlo.»

Un lampo di calore si posa sul suo viso. «Col cazzo che lo farai,» ringhia e spinge il suo membro dentro la mia intimità.

Le mie unghie afferrano la sua spalla, sentendolo allargare le mie pareti, e santo cielo, fa male, ma è anche incredibilmente bello.

La bocca di Ashton è sulla mia mentre si spinge completamente dentro di me, andando in profondità, e io ansimo un sonoro: «Cazzo.»

Smette di muoversi, fermandosi per un secondo, ma poi mi fissa dall'alto, osservandomi.

Le mie labbra si schiudono, guardandolo con occhi annebbiati. «Perché ti sei fermato?» È così meraviglioso, ed essere privata di questo sarebbe una tortura.

Studia il mio viso prima di posare un bacio sulle mie labbra. «Non voglio farti male.»

«Sul serio? Sei enorme e hai appena sbattuto quel *coso* dentro di me.»

Ashton ride e appoggia la fronte contro la mia. «Va bene, posso toglierlo.» Sposta i fianchi indietro, allontanandosi da me, e guida il suo cazzo fuori dalla mia vagina.

Mi sento già vuota, il mio interno che brama di più.

«Dio, a volte sei proprio uno stronzo.» Gli afferro il sedere, tirandolo verso di me. «Torna qui.»

«Non riesco mai a soddisfarti, vero?» Ashton mi sorride dall'alto, compiaciuto.

Si posiziona di nuovo alla mia entrata, ma questa volta, entra lentamente, e la sensazione è incredibile. Le sue labbra mi sfiorano l'orecchio. «Non minacciare mai più di scoparti uno dei miei fratelli,» ringhia.

«O cosa?» lo sfido.

Sembra che abbia scoperto il punto debole di Ashton, o forse è solo la sua debolezza. In ogni caso, trovo estremamente eccitante il fatto che possa irritarlo così facilmente con poche semplici parole.

«Ti scoperò davanti a tutti loro,» dice Ashton, mordendomi il labbro inferiore.

Il mio interno trema.

Ogni spinta guadagna slancio, e mi sento come se stessi fluttuando sopra le nuvole. Cerco di capovolgerci, volendo prendere il controllo, ma Ashton è troppo forte, e si muove troppo duramente e velocemente con i fianchi per lasciarmi avere la meglio.

«Ashton.» La mia voce mi tradisce, il suono riverbera come un gemito mentre lo stringo più forte, desiderandolo più profondo.

«Esatto, stasera verrai una terza volta per me.»

Sentire *quel* tono e la sua voce mi porta vicino all'orgasmo, ma non ci sono ancora. Non sono sicura di essere capace di venire una terza volta in una notte.

Ma le parole non escono quando apro le labbra, e invece, i miei respiri sono lievi e pieni di gemiti mentre il suo corpo spinge e io muovo i fianchi, cercando di stare al passo con lui e di abbinare il suo ritmo.

La mia schiena si inarca, e le mie mani stringono le sue braccia. «Ci sono quasi,» ansimo, mentre lotto per mantenere il controllo.

Gli avvolgo una gamba intorno, tirandolo più in profondità, più stretto, cercando di tenerlo contro di me mentre il mio interno trema.

«Vieni con me,» mi sussurra nell'orecchio.

I miei occhi si chiudono di colpo, le sensazioni sono travolgenti mentre faccio fatica a respirare, figuriamoci a concentrarmi su qualcosa che non sia la sensazione meravigliosa che prova il mio corpo.

Le sue dita si tuffano tra i nostri corpi, stuzzicando il mio clitoride, circondando e sfiorando il bottoncino ancora sensibile mentre continua a spingere, e santo cielo, sto per esplodere in un milione di pezzi.

La mia presa sul suo avambraccio si stringe, ma non voglio fargli male. Sposto le mani sulla sua schiena, sul suo sedere, graffiandolo, bramandolo come una droga, e ho bisogno della mia prossima dose.

Il mio corpo si inarca dal materasso, stringendo la presa intorno a lui mentre tremo e gemo, sentendo l'onda imminente in arrivo.

«Sto per...» ansimo, e Ashton è lì con me, mantenendo i suoi movimenti sincronizzati per me, sapendo ciò di cui ho bisogno mentre il mio corpo cede e avvolge il suo cazzo, stringendolo.

Il mio interno pulsa mentre i brividi si diffondono attraverso il mio corpo, come piccoli tremori, mentre stringo e rilascio.

Passano solo pochi secondi e poi Ashton accelera, i suoi colpi deliberati che erano ritmati e sincronizzati perfettamente per me diventano più duri, più veloci, più rapidi finché non sento il suo gemito e percepisco il suo corpo tendersi e tremare mentre viene subito dopo di me.

Sta ansimando forte, il sudore gli gocciola dalla fronte mentre si rotola via da me, getta via il preservativo, prima di sdraiarsi con me sul suo materasso. Non c'è molto spazio per due, ma ci arrangiamo.

Si rannicchia contro di me, tenendomi vicino, con la mano sul mio fianco.

Disegna pigri motivi sulla mia pelle, e io mi appoggio al suo abbraccio, confortata.

«Dovresti sapere,» il suo caldo respiro mi solletica il collo, «che non lascio mai nessuno passare la notte nella mia stanza.»

Un sorriso si allarga sul mio viso mentre combatto uno sbadiglio. «Beh, io non me ne vado. Quindi, se vuoi la stanza tutta per te, sarà meglio che tu esca.»

Ashton bacia la pelle nuda della mia spalla. «Sei coraggiosa, a cacciarmi dalla *mia* stanza.»

«Non tirare fuori la carta *mio padre è nella mafia.*» Sbadiglio e lascio che i miei occhi si chiudano. «Ce l'ho anch'io quella.»

«Non intendevo questo.»

«Sei sicuro?» Sbadiglio di nuovo.

«Dormi,» dice Ashton e si sporge leggermente per lasciarmi un bacio sulla guancia. «Smettila di litigare con me.»

«Smettila di tenermi sveglia,» brontolo. «Mi hai fatto venire tre orgasmi e sono esausta.»

Ride sommessamente. «Sì, capo. C'è altro che posso fare per te, mia regina?»

Mi sta prendendo in giro.

«Non costringermi a svegliare mio fratello per farti prendere a calcu nel culo,» lo minaccio.

Sto scherzando, ma lui non ride. Perché entrambi sappiamo che sarebbe una pessima idea far scoprire a Luca quel che è appena successo tra noi.

OTTO

LUCA

Venerdì sera, guido fino a casa dei miei genitori come previsto. Ceneremo tutti insieme, compreso Moreno, Paige e Nova stasera.

Sono contento di avere Nova qui, perché almeno avrò qualcuno sotto questo tetto di cui posso fidarmi e su cui posso contare.

Anche se non vivrà qui ancora per molto, il che è allo stesso tempo un sollievo e un dispiacere. Sono felice che venga alla Evergreen. Non sono entusiasta del fatto che andrà a vivere con noi, perché non voglio che nessuno dei ragazzi si faccia strane idee su mia sorella.

È off-limits.

Ho chiarito che nessuno deve toccarla, ma era anche perché aveva diciassette anni ed era alle superiori.

Nova adesso ha diciotto anni e inizierà l'università tra un paio di settimane. Sarà difficile tenere lontani tutti i ragazzi da lei.

Ma forse Harper può aiutarmi anche in questo. In qualche modo, tra il tempo che passa con Zeke e lo studio, può tenere i ragazzi lontani da Nova.

Oppure forse il solo avere un bambino in casa li terrà lontani. Voglio dire, chi vuole il costante promemoria di cosa può succedere se non stai attento?

Dopo cena, Dante mi intrappola nel corridoio, da soli. «Inizieremo il tuo addestramento domattina all'alba,» dice.

Non ho idea di cosa comporterà. Rimanere bloccato con Dante per il fine settimana, facendo qualsiasi lavoro sporco mi richieda, non è qualcosa che attendo con piacere.

Ma so per cosa mi sono offerto volontario, così ingoio i semi del dubbio e vado avanti.

«Va bene,» dico, sorpreso che non mi faccia iniziare già questa sera, ma non ho intenzione di mettere in discussione le sue decisioni. So che è meglio non farlo arrabbiare.

«Dov'è la tua fidanzata?» chiede Dante, e sono abbastanza sicuro che non lo stia chiedendo perché gli importi.

A meno che non si conti il suo interesse per la famiglia mafiosa, ma non è certo per gentilezza.

«Harper è nel campus per il weekend,» dico, omettendo la parte in cui sta passando del tempo con la sua migliore amica Kensley.

«Non passa il weekend con suo figlio?» Dante sembra deluso.

«I suoi genitori non le parlano al momento.»

«Che bimbo sfortunato,» dice, ma non vedo alcun rimorso sul suo volto per il suo coinvolgimento in questo pasticcio.

Mi appoggio al muro, incrocio le braccia sul petto e lo fisso con rabbia. «Certo, proprio da parte dell'uomo che ha insistito perché dicessimo ai suoi genitori del nostro fidanzamento durante una cena qui,» sibilo. Non sono per niente contento che mio padre stia tirando tutti i fili.

Sembra che io non abbia alcun controllo sulla situazione, anche se in parte per colpa mia per aver cercato di salvare Harper.

Lo rifarei di nuovo?

Assolutamente sì.

«A proposito del fidanzamento. Tua madre ed io stavamo parlando, e insistiamo che vi sposiate qui, sotto il nostro tetto. Pagheremo tutto noi. Tua madre è felice di occuparsi dei preparativi del matrimonio dato che voi due siete a scuola e Harper, ne sono sicuro, sarà impegnata con suo figlio.»

«Non stai parlando seriamente.» Lo fisso come se avesse appena suggerito di sterminare un'intera popolazione.

«Non credo che febbraio sia troppo presto,» dice Dante. «Vi lasceremo scegliere la data.»

Quanto è dannatamente generoso da parte sua, lasciarci scegliere la data del nostro matrimonio. «Fantastico,» brontolo.

Quando la conversazione è finita, mi dirigo verso la biblioteca, trovando Nova raggomitolata sul divano che legge alla luce della lampada.

«C'è posto per due?» chiedo.

Lei alza un dito, finisce la pagina e poi inserisce un segnalibro per tenere il segno. Nova mantiene la voce bassa e tranquilla. «Hai sentito qualcosa di Rhys?»

«La tua guardia del corpo? No, perché?»

«Non l'ho visto dalla mia festa di compleanno,» dice Nova. «Non risponde al telefono quando lo chiamo. Non ti sembra strano?»

«Non ho visto in giro nemmeno Caden ultimamente,» faccio notare. Ma entrambi sappiamo perché non è più sotto il tetto di mio padre.

È stato assassinato.

«Quindi, pensi davvero che sia successo qualcosa a Rhys!» I suoi occhi si spalancano e poi si copre la bocca, rendendosi conto che dobbiamo parlare più piano o portare questa conversazione altrove se non vogliamo che qualcuno ci ascolti.

L'ultima volta che ci siamo nascosti nel ripostiglio del corridoio, ci hanno beccato. Almeno, qui siamo meno sospetti, solo due fratelli che passano del tempo insieme.

«Non lo so, Nova. Forse ha un altro incarico che lo tiene lontano dalla proprietà per un po'. Hai chiesto a tuo padre?»

«Sì, mi ha detto di smettere di fare domande e poi ha assegnato Nico come mia scorta personale. Non che Nico faccia molto. Da quando mamma e papà mi hanno regalato una macchina, non devo più dipendere da uno dei loro scagnozzi per farmi portare in giro per la città. A volte viene con me, ma non è molto amichevole.»

«Beh, quando andrai all'università, Nico non ci sarà più,» dico.

«Perché credi che abbia insistito tanto per diplomarmi in anticipo?» Nova sorride maliziosa. «Rhys era fantastico. Ha mantenuto segreto il fatto che vi venissi a trovare. Ma mi aveva avvertita che papà aveva iniziato a fare domande e ora che Nico è la mia nuova ombra a pagamento, riferisce tutto a mio padre.»

«Moreno sa che eri a casa nostra giovedì e venerdì?» chiedo.

«Sì, ho detto a papà che volevo vedere la partita dei Narwhals contro i Wolverines e che sarei tornata tardi, quindi preferivo dormire sul vostro divano. Non avevo scuola venerdì, quindi gli andava bene visto che c'eri tu.»

«Qualche notizia sul bambino?» chiedo, lanciando uno sguardo in direzione del seminterrato.

«È già stato trasferito. Papà ha mandato me e mamma a fare shopping per tutto il pomeriggio, cosa molto insolita per lui, a meno che non stia tramando qualcosa. Hai visto le notizie? Hanno dichiarato il bambino morto, insieme alla sua famiglia. Hanno mostrato la sua foto per un buon paio di minuti al telegiornale serale dopo che l'esplosione ha raso al suolo la casa.»

Impreco e mi strofino il collo. «Qualche novità sull'indagine?»

È ovvio che mio padre sia coinvolto in tutto questo.

Nova si alza e rimette sullo scaffale il libro che stava leggendo. «Niente, ma sappiamo che il bambino è vivo, Rylan Matthews.»

«È tutto così incasinato,» mormoro, guardando Nova che misura a passi la biblioteca.

«Devi fermarlo,» dice Nova, il suo sguardo mi implora di fare qualcosa.

Non è l'unica infelice sotto questo tetto. So bene che Harper è frustrata da mio padre, e sembra che anche Nova lo sia. E lo sono anch'io.

Ma non posso fermarlo. Non posso andare contro Dante quando ha un esercito alle sue spalle.

«Come pensi che possa succedere?» Reclino la testa all'indietro sul divano, fissando il soffitto.

«Ti sta facendo lavorare per lui, *fai qualcosa*.»

Nova fa sembrare tutto così facile, come se potessi semplicemente puntare una pistola alla testa di Dante, premere il grilletto e far sparire tutte le atrocità che ha commesso.

La vita non è così semplice; e nemmeno fermare il boss della mafia.

La mattina seguente, dopo colazione, sento dei passi leggeri mentre sorseggio il mio caffè e alzo lo sguardo.

«Che diavolo ci fai qui?» chiedo, il mio sguardo si fa duro su Ashton.

Dante si avvicina dietro Ashton. Evidentemente ha sentito la mia domanda. «L'ho invitato io,» dice mio padre.

«Perché?» Appoggio la tazza di caffè, il mio appetito è soddisfatto.

«Ashton sta facendo uno stage per la mia organizzazione,» dice Dante con orgoglio. Immagino che sia il figlio che Dante ha sempre voluto, a differenza mia.

«Certo, ovviamente,» mormoro, guardando Ashton e chiedendomi da quanto tempo lavorino insieme.

«Ti aiuterà ad allenarti, a metterti al passo con le tue abilità di tiro al poligono questa mattina.»

Le mie abilità di tiro sono pari a zero dato che non ho mai maneggiato una pistola, non dopo aver visto mio padre usarne una per commettere un omicidio.

«Non possiamo semplicemente allenarci in palestra con i pesi o nel combattimento corpo a corpo?» Sono un combattente formidabile. Aiuta il fatto che gioco a hockey; sono abituato a prendere botte e a restituirle.

«No,» dice Dante. «Devi superare la tua paura e imparare a colpire un bersaglio del cazzo.»

Si volta e decide che ha finito mentre si allontana, lasciando me e Ashton soli nel corridoio.

«Paura di impugnare una pistola?» Ashton mi sorride con aria beffarda, e io gli mostro il dito medio.

«Assolutamente no, semplicemente non ne ho mai visto la necessità.» Faccio un gesto indicando la tenuta intorno a me. «Ho abbastanza uomini che eseguono gli ordini di mio padre. Non ho bisogno di essere uno di loro.»

Ashton si avvicina e mi fissa. «A quanto pare invece sì, dato che ora lavori per lui.»

Mi mordo la lingua.

Se Ashton lavora per Dante, allora qualsiasi cosa io dica o di cui mi lamenti è destinata a essere riferita.

Il mio migliore amico mi ha tradito, almeno è così che mi sento, e la prossima volta che saremo sul ghiaccio, ho tutta l'intenzione di restituirgli un po' di sangue per sangue.

Ci dirigiamo al poligono di tiro e ci prepariamo.

Ricaccio giù la bile che mi sale in gola.

Ovviamente, mio padre pretendere che impari a sparare. Durante la mia adolescenza aveva provato a invitarmi al poligono di tiro con lui, ma io trovavo sempre qualche scusa tra la scuola, i compiti o gli allenamenti di hockey.

Dante è un uomo intelligente. Sapeva che non ero interessato, ma ha continuato a insistere.

A quanto pare, ha vinto lui.

Conosco le basi su come tenere una pistola, usando due mani, e come si chiamano le diverse parti dell'arma. Il fatto è che, sebbene abbia giocato a sparatutto sulla mia console, non ho mai preso in mano una vera pistola, né ho voluto farlo nell'ultimo decennio.

Ashton mi prepara una 9mm. Mi spiega come abbia una maggiore energia alla bocca, rendendola più efficace a distanze più lunghe.

Il peso della pistola è più consistente di quanto immaginassi e, mentre guardo attraverso il mirino, non c'è nessun punto rosso o laser a guidare la mia mira.

So già che il mio tiro sarà imbarazzante perché non ho mai messo piede in un poligono di tiro.

Ma eccomi qui.

Potrebbe andare peggio.

Potrebbe essere Dante a farmi da insegnante.

Invece, ho Ashton, che mi mostra tutte le basi, che già conosco, grazie mille, e poi spara e mira per uccidere.

Colpisce il bersaglio con una precisione che mi fa ribollire lo stomaco.

Ogni colpo centra il petto, dritto al centro.

Disattivo la sicura, allineo il mirino con il bersaglio e sparo.

Colpisco il bordo esterno del foglio, che almeno è qualcosa. La pistola ha un rinculo maggiore di quanto avessi previsto. Giocare ai videogiochi non ti prepara esattamente per la cosa reale.

«Di nuovo,» ordina Ashton, ma lo sento a malapena attraverso le cuffie che sono obbligato a indossare.

Continuo a sparare, la mia mira migliora un po' ma è lontana dall'essere perfetta come quella di Ashton, e questo fa schifo.

Odio ammettere che sono davvero invidioso di lui.

Passiamo un paio d'ore al poligono di tiro, pranziamo e poi torniamo alla tenuta di famiglia.

Dato che sono l'unico di noi a possedere un'auto, guido io.

«Quando hai iniziato a lavorare per Dante?» chiedo durante il ritorno.

«Qualche settimana fa. Mi ha chiamato dopo cena e mi ha chiesto se volessi guadagnare qualche soldo. Mi ha detto che avrei ottenuto anche crediti universitari, che è più di quanto potessi chiedere.»

Ovviamente ha accettato.

«Sarai alla tenuta ogni weekend?» chiedo. Anche se

non sono entusiasta che Ashton lavori per mio padre, almeno è un cuscinetto tra Dante e me.

«Non ne sono sicuro,» dice Ashton.

«Non conosci i tuoi orari?» Gli lancio un'occhiata veloce.

«Mi dà degli incarichi, mi dice quando ha bisogno del mio aiuto per un lavoro. Non è un gran problema. Soldi facili e un voto ancora più facile per il mio tirocinio di studio-lavoro che tutti devono fare.»

«Che tipo di incarichi?» borbotto, chiedendomi se abbia qualcosa a che fare con la scomparsa di Rhys o qualche coinvolgimento con il bambino, Rylan.

Ashton esala un respiro pesante. «È al di sopra della tua paga.»

«Mi stai prendendo per il culo?»

Il silenzio riempie il veicolo, e Ashton allunga la mano verso la radio per accenderla.

Gli allontano la mano con una manata.

«Sul serio, non hai intenzione di dirmi niente?» Il fastidio mi punge sotto la pelle e sterzo bruscamente fuori dalla strada, frenando di colpo. «Scendi dalla macchina, cazzo.»

«Cosa?» Gli occhi di Ashton si spalancano mentre indico la portiera.

«Stiamo lavorando insieme, e se non puoi dirmi cosa stai facendo, non posso fidarmi di te. Torna a casa a piedi.»

Ashton ha la bocca spalancata. «Fuori si gela, e siamo a trenta chilometri dalla casa dei tuoi genitori. Non c'è niente qui intorno; siamo nel mezzo del nulla. Non puoi essere serio.»

«Sono serissimo. Scendi dalla mia cazzo di macchina.»

Ashton sbuffa e apre la portiera. «Saranno problemi tuoi.» Scende nel freddo, con il vento che mi investe quando esce. Un momento dopo, sbatte la portiera.

Schiaccio l'acceleratore e torno sulla strada.

Neanche dieci minuti dopo, il mio telefono squilla ripetutamente.

Il nome di Nova lampeggia sul cruscotto come chiamata in arrivo.

Dopo averla ignorata le prime due volte, continua a chiamare.

Finalmente rispondo.

«Sono occupato in questo momento,» dico.

«Per me sei morto se non torni indietro a prendere Ashton,» mi urla Nova attraverso il telefono.

«Beh, ciao anche a te.»

«Sei un stronzo, lo sai?» Nova è scatenata.

«Gli sto solo dando una lezione.»

«Perché?» chiede Nova. «Cosa ha fatto di così terribile da decidere di lasciarlo sul ciglio di una strada deserta?»

La mia mascella si irrigidisce. «Non ti devo spiegazioni.»

«Beh, ho già sentito la versione di Ashton. Se devo guidare fino a lì per andarlo a prendere, per me sei morto.»

Mi sposto sul sedile, guardando nello specchietto retrovisore. Non ho visto nessuna auto viaggiare nella direzione opposta da quando ho lasciato

Ashton sul ciglio della strada. «Pensavo che avresti preso le mie parti, dato che siamo famiglia,» dico.

«Sì, beh, stai diventando sempre più simile a tuo padre ogni giorno che passa.»

Chiudo la telefonata con Nova, ma lei richiama subito.

«Visto!» mi urla. «Stai dimostrando che ho ragione. Smettila di fare il testardo e vai a prendere Ashton.»

«Va bene!» urlo e faccio un'inversione a U sulla strada a doppio senso. «Non capisco perché ti importi di Ashton. Ti lamenti sempre che guarda documentari di merda e si ingolla tutti i popcorn.»

Vengo accolto dal suo silenzio.

Finalmente l'ho zittita.

Era ora!

«Vai a prenderlo e basta.»

Borbotto contro di lei. «Lo sto facendo, ho già girato. Sarò lì tra qualche minuto.»

Questa volta chiudo definitivamente, e un minuto dopo, posso vedere Ashton che cammina in lontananza, dirigendosi verso di me.

Contemplo l'idea di passargli accanto guidando, solo per essere stronzo, ma ci ripenso. Ho già visto qualche fiocco di neve solitario; il tempo potrebbe cambiare da un momento all'altro.

Mi fermo, sblocco la portiera dell'auto e lui sale in silenzio.

«Hai chiamato mia sorella per spifferarle tutto. Davvero mafioso da parte tua,» dico, girando di nuovo l'auto nella direzione in cui stavo andando prima.

Ashton si allaccia la cintura mentre io schiaccio l'acceleratore, cercando di recuperare il tempo perso. La neve inizia lentamente a coprire il cielo, ma non si è ancora posata sul terreno.

«Avresti preferito che chiamassi tuo padre?»

Un punto per lui.

Allungo la mano verso la radio e lascio che la musica copra il silenzio, ma non fa nulla per dissipare la tensione nell'auto mentre torniamo verso il complesso.

Partiamo presto domenica mattina e, come offerta di

pace, porto Ashton con me in macchina fino al campus.

La tensione tra noi è ancora pesante, ma abbiamo passato la maggior parte del sabato sera fingendo che tutto andasse bene.

Sembra che nessuno di noi volesse far arrabbiare Dante, che era di umore pessimo.

«Non devi preoccuparti che ti sostituisca,» dice Ashton mentre ci avviciniamo all'uscita.

«Di cosa stai parlando?»

«Questo stage alla Ricci Enterprises è solo per il semestre.»

Sbuffo. È questo che pensa davvero che accadrà? Che mio padre gli permetterà di lavorare solo un paio di mesi per l'azienda di famiglia e poi andarsene?

È più stupido di quanto pensassi.

«Sei un idiota,» mormoro mentre svolto sulla strada principale che ci porta vicino al campus.

«Ho tutta l'intenzione di lavorare per *mio* padre dopo

la laurea. Dante è solo un mezzo per raggiungere un fine.»

Deve essere uno scherzo. «Lo sa lui questo? Perché Dante non lascia semplicemente che gli uomini se ne vadano dopo tutto ciò in cui sono stati coinvolti e hanno visto.»

«Aurelio e Dante sono vecchi amici. Non sono preoccupato.»

Mi fermo davanti al nostro edificio.

«Dovresti esserlo.»

«Perché ti preoccupi tanto per me? Preoccupati piuttosto della tua ragazza e del suo bambino.»

Parcheggio, il respiro mi si blocca in gola. «È una minaccia questa?»

Spengo il motore, e Ashton si slaccia la cintura, saltando fuori dalla macchina prima di rispondermi.

Scendo dall'auto, indignato che non mi abbia ancora risposto.

«Se fai del male a Harper o a Zeke, ti ammazzo.»

Ashton prende la sua borsa dal bagagliaio e alza le

mani. «Rilassati, non ho intenzione di avvicinarmi alla tua ragazza.»

«O a suo figlio,» ringhio tra i denti serrati.

Afferro la mia borsa, la prendo e sbatto il bagagliaio.

«Non sono nel business di far del male ai bambini piccoli, e nemmeno tuo padre. Basta che non mandi tutto all'aria e andrà tutto bene.»

«Un'altra minaccia. Sembri sempre più come Dante ogni secondo che passi in quella casa,» gli rinfaccio.»

«Grazie,» Ashton mi rivolge un sorriso. «Tuo padre sarebbe così orgoglioso.» Si avvia lungo il vialetto verso la porta d'ingresso.

Bastardo.

Mi scaglio contro Ashton prima che entri, strattonandolo per farlo girare verso di me mentre il mio pugno colpisce ripetutamente il suo viso.

La sensazione di bruciore sulle nocche è piacevole.

Il suo braccio si alza, bloccando un altro colpo e mi colpisce con un montante alla mascella.

Barcollo indietro per un secondo.

Cazzo, fa male.

Liam arriva di corsa fuori, avendo sentito il trambusto.

Mi afferra da dietro, tirandomi via da Ashton, interrompendo la rissa.

Non è la prima rissa che ha dovuto separare, ma non era mai successo fuori dal ghiaccio.

«Che diavolo vi prende?» ci urla Liam. Ci spinge dentro come una madre delusa dai suoi cuccioli.

«Ha cominciato lui!» Ashton mi indica.»

«Sì, beh, lui ha minacciato la mia fidanzata e suo figlio,» ringhio, pronto per un altro round se Liam mi lasciasse andare.

NOVE

HARPER

Quando Luca entra in classe, non riesco a smettere di fissarlo.

Ma non nel modo tipico, dove i nostri sguardi si incrociano e il mio corpo si scalda.

Okay, forse è così, ma è un calore diverso, il tipo che brucia di rabbia e preoccupazione, non di desiderio.

«Che diavolo è successo durante l'allenamento?»

Luca sfoggia un mento livido e un labbro spaccato.

«Non è stato all'allenamento.»

Questa è l'unica risposta che ottengo perché il professore inizia la sua lezione e Luca fa finta di prestare attenzione alla lezione di economia.

È la prima volta che lo fa. Ha un quaderno aperto e la sua mano si muove lungo la pagina.

Sta davvero prendendo appunti?

Un'occhiata al foglio e vedo che sta scarabocchiando, come se la sua mente stesse vagando e non fosse nemmeno consapevole di ciò che sta disegnando.

O forse ne è consapevole, ma non è nulla di specifico. La sua matita continua a scivolare sulla pagina, e so che sente che lo sto fissando perché le sue spalle si irrigidiscono.

Invece di dire qualcosa, mi ignora.

«Mettete via quaderni, laptop, tutto tranne una penna o matita. Facciamo un quiz a sorpresa,» annuncia il professore negli ultimi venti minuti della lezione.

Che merda.

Non sono riuscita a studiare con Luca durante il weekend. Speravo che ci saremmo incontrati domenica sera, una volta tornato da casa di suo padre e dopo l'allenamento di hockey.

Ma quando gli ho mandato un messaggio, mi ha detto che era troppo stanco per uscire o studiare.

E con le occhiaie scure sotto gli occhi e il livido sulla guancia, sono piena di preoccupazione.

Se non ha preso i lividi all'allenamento, è successo quando era a casa dei suoi genitori?

È stata la mafia a fargli questo?

L'assistente del professore distribuisce i quiz, fila per fila. Ne passo uno a Luca, fissandolo, volendo chiedere della mafia, di suo padre, ma non posso, non qui, non in classe.

I suoi occhi incontrano i miei, e lui si sforza di sorridere.

Ma io non ricambio il sorriso.

Non posso.

Sono piena solo di preoccupazione.

Apprensione per lui.

Paura per mio figlio.

Non m'importa nemmeno cosa mi succeda: è Zeke la mia priorità.

Sarebbe più sicuro sparire con Zeke? So che Luca era contrario, perché credeva che suo padre potesse trovarci ovunque, ma non può essere vero.

Glielo chiederò dopo la lezione, perché temo che qualunque cosa sia successa a Luca, come il labbro spaccato e la guancia livida, possa accadere anche a mio figlio.

Forse non oggi, quando ha due anni, ma quando sarà più grande.

«Tenete gli occhi sul vostro quiz. Non è un lavoro di gruppo,» rimprovera il professore, e io distolgo lo sguardo da Luca per concentrarmi sul foglio davanti a me.

Non sono sicura delle risposte che ho scritto; alcune sono a scelta multipla, e anche tra quelle opzioni sembra che due risposte possano essere giuste. Per la parte del saggio, sono probabilmente fregata.

Alzo lo sguardo per consegnare il mio compito perché ci è stato detto che, una volta finito, possiamo andarcene.

Luca ha già finito. Non l'ho notato alzarsi e percorrere il corridoio per consegnare il suo quiz.

Lascio il mio sulla cattedra del professore e mi metto lo zaino in spalla, uscendo dall'aula.

Luca è appoggiato al muro, con le braccia incrociate sul petto.

«Mi hai aspettata,» sussurro, sorpresa che non sia scappato via, come pensavo avrebbe fatto.

«Quando mai non ti accompagno alla tua prossima lezione?» chiede Luca, e mi accompagna fuori.

Mi abbottono il cappotto mentre camminiamo; l'aria fredda ci sferza intorno.

«Mi dirai come ti sei fatto...» Indico il mio viso, volendo sapere dei suoi lividi.

«Ashton.»

«Cosa? Come è successo?»

Lo sguardo di Luca è sul marciapiede, la testa bassa, i suoi occhi rifiutano di incontrare i miei. «Non voglio parlarne.»

«Ashton ti ha aggredito. Come puoi non volerne parlare?»

Mi guarda per un breve secondo e poi la sua attenzione torna sul cemento. «Ho dato io il primo pugno.»

Cazzo.

Non era *affatto* quello che mi aspettavo di sentire da lui. «Okay,» dico lentamente e sposto lo zaino da una spalla all'altra.

«Dai, dammi quello,» si offre Luca, prendendo il mio zaino con i libri e il laptop, portandolo per me attraverso il campus.

«Grazie.»

«Stavo pensando di saltare la lezione oggi,» dice Luca e poi mi guarda, «ma volevo parlare con te.»

«Della rissa?» Non che mi abbia davvero spiegato nulla a riguardo.

Ancora non so per cosa stessero litigando Ashton e Luca. Forse posso chiedere ad Ashton se si presenta di nuovo durante il pranzo. Ultimamente si unisce a noi quasi ogni giorno.

È perché ha una cotta per Kensley?

«Non della rissa. Di qualcosa che Dante mi ha detto durante il weekend.»

«Oh.» Espiro con forza, e il mio respiro rimane sospeso nell'aria.

«Il matrimonio,» dice Luca, e smetto di camminare.

L'edificio è più avanti, e abbiamo tempo dato che abbiamo finito il quiz in anticipo. «Cosa ha detto tuo padre sul nostro matrimonio?» Il mio stomaco è in subbuglio alla menzione del matrimonio, ma devo sapere cosa ha spinto Luca a venire fino in classe dopo avermi chiaramente evitata ieri sera.

«Vuole che ci sposiamo a febbraio.»

«Questo febbraio?» La mia voce sale di un'ottava. Non avevo proprio intenzione di suonare così acuta, ma mi ha colta alla sprovvista con quel commento.

«Con la scuola e tuo figlio, è disposto a far organizzare il matrimonio a Nikki e farlo a casa loro.»

«Certo, ovviamente. Dove ha il controllo completo di tutto,» mormoro. «E tu cosa gli hai detto?»

Luca esita, guardandomi. «Non molto in realtà. È intimidatorio da morire!»

Sbuffo e faccio un passo indietro. «Lo so, sta per diventare mio suocero.» Quel pensiero mi fa rivoltare ancora di più lo stomaco, come se avessi appena bevuto latte andato a male.

«Il lato positivo è che ha detto che possiamo scegliere la data.»

Sul serio?

«Che generoso da parte sua,» commento, e giro sui tacchi, dirigendomi verso la mia prossima lezione.

«Sei arrabbiata,» dice Luca. Non è una domanda, ma chiaramente un'osservazione, perché sto letteralmente fumando in questo momento.

«Non sono felice!» esclamo, e Luca cammina proprio accanto a me. Anche quando aumento il passo, lui riesce a restare al mio fianco con facilità.

«Ce l'hai con me o con Dante?» chiede Luca.

La sua domanda è legittima.

Luca è coinvolto in questa situazione tanto quanto me, se non di più perché stava facendo una buona azione cercando di salvarmi la vita. Non potrò mai ripagarlo per questo, ma forse posso offrirgli una via d'uscita.

«Sono... frustrata!» Lo guardo male. «So che non è colpa tua. Do la colpa a tuo padre, ma vorrei comunque che tu potessi dirgli di andare a farsi fottere e lasciarci in pace.»

«È un mafioso, tesoro,» dice Luca con un lieve sorriso. «Se potessi dirgli una cosa del genere, sarei io a dirigere l'impero.»

Nessuno replica a Dante Ricci.

Rallento mentre ci avviciniamo all'edificio Fitzroy per la mia prossima lezione. Lui mi restituisce lo zaino, mettendolo con cura sulla mia spalla, le sue mani gentili ma decise.

«Non voglio litigare con te,» dice Luca.

Annuisco lentamente. «Lo so. Niente di tutto questo è ciò che *noi* vogliamo.» Mi avvicino, mi alzo in punta di piedi e gli do un bacio leggero sulla guancia. «Di' a tua madre che farò qualsiasi cosa voglia per il matrimonio. Mi incontrerò con lei se vuole andare a cercare l'abito, qualsiasi cosa. Non mettiamoci contro la tua famiglia.»

Gli occhi di Luca si fanno più tesi. «Sei sicura?»

«Non chiedermelo di nuovo, perché la mia risposta potrebbe non essere sì.»

Kensley ed io ci dirigiamo verso l'arena, mi sento ribollire di eccitazione al pensiero di vedere Luca giocare stasera.

«Ho la sensazione che non passiamo abbastanza tempo insieme,» ammette Kensley durante la nostra passeggiata verso l'arena.

«Mi dispiace,» mi scuso immediatamente, sapendo che è interamente colpa mia. Ho passato più tempo con Luca, e so che con i preparativi del matrimonio all'orizzonte, passeremo ancora meno tempo insieme.

Per non parlare di quando Zeke verrà a vivere con noi.

Tutto cambierà.

«No, non scusarti. È solo che sento di perdere alcuni pezzi molto importanti del puzzle.» Kensley smette di camminare e mi fissa.

Siamo solo noi due, ma mi guardo intorno, assicurandomi che non ci sia nessuno nelle vicinanze che ci osserva o che origlia.

Ho preso l'abitudine di controllare costantemente l'ambiente circostante.

«Vedi! Sembri così paranoica ultimamente. Hai uno stalker?» chiede Kensley.

Rido, e vedo il sollievo espandersi nei suoi lineamenti. «No.»

«Cosa sta succedendo? Capisco perché non hai menzionato Zeke quando ci siamo conosciute. Stavamo appena diventando amiche, lui non era nel campus. Probabilmente volevi un'esperienza universitaria normale o qualcosa del genere...» dice Kensley e agita la mano. «Ma il fidanzamento con Luca, mi sono trattenuta, ma non posso più tacere.»

«Non approvi?» chiedo, aspettandomi che lei dica di sì.

«Penso che tu stia nascondendo qualcosa. Voglio dire, all'inizio del semestre negavi persino di provare qualcosa per lui, e poi all'improvviso mi ritrovo a sapere che siete fidanzati, ma non c'è nessun anello. Il che non significa necessariamente nulla, e non ti giudico se lo ami, ma non so. C'è qualcosa che non torna.»

Kensley è più che un po' sospettosa, e non posso biasimarla.

«Puoi fidarti di me,» dice Kensley. «Ti prometto che qualunque cosa dirai resterà confidenziale.»

Espiro bruscamente e mi guardo ancora una volta intorno.

Ci sono alcune persone che vengono nella nostra direzione e la tiro fuori dal marciapiede, aspettando che passino.

«Non puoi dirlo a nessuno, né a Luca, e nemmeno ad Ashton.»

Kensley sorride con aria compiaciuta. «Pensi che io veda Ashton senza di te? Prometto che non dirò nulla, ora confessa, ragazza.»

«Luca mi sta sposando per proteggermi,» sussurro. «La sua famiglia è parte della mafia, e io mi sono imbattuta in qualcosa in cui non avrei dovuto.» Ometto i dettagli perché non voglio che Kensley sappia più di quanto già sa.

Dirglielo mette la sua vita in pericolo, il che è egoista da parte mia, ma ho bisogno del suo aiuto.

«Suo padre ha ordinato la mia morte.»

«Cazzo. Sei seria?» Kensley sussulta e poi si copre la bocca con la mano.

«Luca ha proposto una soluzione diversa, che ci sposiamo, il che mi rende parte della loro famiglia. Lui salva la mia vita e in cambio, io sono sua moglie.»

«E lui cosa ci guadagna?» chiede Kensley per poi guardarmi da capo a piedi. «Lascia stare.»

«Cosa vuol dire?» mi affogo.

«Andiamo, sei carina. Ti tiene d'occhio da quanto tempo? Non puoi essere così ignara della sua cotta. Ora, lui ti ha.»

«Per sempre,» le ricordo.

«C'è sempre il divorzio... a meno che non uccidano le loro ex mogli?»

Non ricordo alcun accenno a divorzi o matrimoni precedenti tra i membri della sua famiglia. «Ascolta, non puoi dirlo a nessuno. L'hai promesso.

«Hai la mia parola. Mi seguirà nella tomba.»

«Bene, perché avrò bisogno del tuo aiuto.»

Concludiamo la nostra chiacchierata privata prima di dirigerci verso l'arena. Non siamo in anticipo come avremmo voluto. Colpa mia, ma sono contenta di avere finalmente qualcun altro con cui confidarmi.

Prendiamo posto e i Narwhals sono già sul ghiaccio per il riscaldamento.

Sono sepolta tra la folla, e anche se non sono sicura che Luca mi veda, gli ho mandato un messaggio per dirgli che sarei stata alla sua partita stasera.

A quanto pare, potrei effettivamente stare apprezzando l'hockey. Non che io abbia la minima idea di cosa stia succedendo, ma guardare Luca giocare e vederlo vincere è stato un punto saliente della mia settimana.

È stato in forma sul ghiaccio e non delude, segnando due dei quattro gol di stasera.

Finisce in punizione due volte, ma nessuna delle risse l'ha iniziata lui. Il che mi fa sentire meglio, considerando quello che è successo tra lui e Ashton un paio di giorni fa.

Il livido sul suo viso è molto meno evidente e il taglio sul labbro è già guarito.

A differenza dell'ultima volta, quando abbiamo aspettato vicino ai nostri posti, questa volta aspettiamo fuori dallo spogliatoio della squadra, su sua insistenza.

Kensley mi tiene compagnia e, dato che hanno ottenuto una grande vittoria, immagino che vorranno festeggiare e scaricare un po' di tensione al loro dopo-partita a casa.

La porta si spalanca e Chase e Liam escono dallo spogliatoio.

Li riconosco entrambi dalla festa e, sebbene sappia che Liam vive con Luca, lo vedo raramente in giro per casa. È sempre fuori, a fare qualunque cosa faccia.

Le poche volte che l'ho visto, stava entrando, prendendo qualcosa dalla sua stanza per poi uscire di nuovo.

«Ehi, Liam,» dico, facendo un cenno.

Il prossimo semestre sarà uno dei nostri coinquilini, ma, se sarà come questo semestre, sarà a malapena in giro.

Luca non ha mai menzionato che Liam avesse una ragazza, ma deve averla se dorme sempre altrove ogni notte.

Giusto?

«Tu sei la fidanzata di Luca,» dice Chase, camminando verso di me.

A quanto pare, il ragazzo ha sentito la notizia. Sarebbe emersa prima o poi, specialmente con gli accordi di convivenza per il prossimo semestre.

«Esatto,» dico, raddrizzandomi, cercando di non sentirmi intimidita da due giocatori di hockey molto attraenti che sono diversi centimetri più alti di me.

«Ti ha messa incinta?» chiede Chase, squadrandomi dalla testa ai piedi, ma i suoi occhi si soffermano alcuni istanti sul mio ventre.

La porta dello spogliatoio si spalanca e Luca esce, lavato e vestito.

Luca è raggiante, assolutamente radioso dopo la partita di stasera, ma questo si trasforma rapidamente in un calore infuocato mentre lancia uno sguardo fulminante a Chase e poi a Liam.

«Ti stanno dando fastidio?» Luca si acciglia e si affretta a mettermi un braccio intorno alle spalle.

Continuo a dimenticare se questo è il vero Luca o se sta fingendo di essere innamorato di me. I confini sembrano davvero sfocati ultimamente.

«Stanno solo facendo domande sul nostro fidanzamento,» dico, sforzandomi di sorridere, cercando di allentare la tensione.

Ancora non so cosa abbia fatto arrabbiare Luca al punto da litigare con Ashton. L'ultima cosa che voglio è che Luca si metta a fare a botte con gli altri compagni di squadra. Non solo è terribile per il morale della squadra, ma non voglio che succeda niente a Luca.

Non ha bisogno di combattere per me.

«Sono solo gelosi.» Luca ringhia verso di loro e poi si gira, la sua bocca cattura la mia, chiudendo la distanza con urgenza, baciandomi.

La sua gamba scivola tra le mie cosce, spingendole ad aprirsi mentre mi inchioda contro il muro, e per un momento, mi chiedo fino a che punto voglia spingersi tra noi, con i suoi compagni di squadra che guardano.

Si sente decisamente che lo sta facendo per mettersi in mostra.

Mi abbandono al bacio, schiudendo le labbra, lasciandogli prendere l'iniziativa ma desiderandolo con avidità. Il bisogno prende rapidamente il sopravvento, le mie dita si aggrappano alla sua maglietta, alla sua schiena, mentre lui mi solleva contro di sé e io gli avvolgo le gambe intorno.

Scoperei volentieri con lui se servisse a farli tacere tutti.

Ci separiamo per un breve secondo, riprendendo fiato, le nostre fronti appoggiate l'una contro l'altra. Poi, di nuovo, e dubito fortemente che questa sia tutta una recita, perché ha convinto persino me.

Posso sentire il suo desiderio che mi preme contro, e il mio interno palpita per averne di più.

«Prendetevi una stanza,» geme Liam e dà una pacca sulla spalla al suo amico Chase. «Andiamo a casa mia a festeggiare la vittoria.»

«Penso che per me sia ora di andare,» dice Kensley.

Mi sciolgo dall'abbraccio di Luca, le gambe traballanti mentre lui mi tiene ferma contro il muro, le mani saldamente appoggiate sui miei fianchi.

«Sei sicura?» chiedo. «Dovremmo uscire insieme più spesso.»

Kensley sorride e fissa Luca. «Per favore non prenderla nel modo sbagliato, ma non voglio passare tutta la serata a guardarvi pomiciare o scopare sul divano.»

«Non abbiamo...» aggrottò le sopracciglia, non capendo il suo giudizio. All'ultima festa siamo stati molto attenti ad andare di sopra e mantenere tutto privato, solo tra noi due.

«Va bene, non mi dispiace accompagnarti a casa,» si offre Luca.

Dopo aver lasciato Kensley al suo dormitorio, Luca e io torniamo a casa sua. Apprezzo la tranquillità e il fatto che siamo solo noi due per alcuni brevi momenti di pace e quiete prima di entrare a casa sua.

So che la squadra sta festeggiando e sono felice per loro; si meritano la vittoria e Luca ne è il motivo, ma mi mancano comunque i piccoli momenti tranquilli tra noi due.

«Cosa fai per il Ringraziamento?» chiede Luca mentre si ferma davanti al suo edificio. «È proprio dietro l'angolo.»

Si vede chiaramente che sta venendo giù dall'adrenalina mentre mi riporta a casa sua per il dopo-festa. Sento la sua energia che sfrigola, e allungo la mano verso la sua, volendo essere la sua roccia. «Posso semplicemente restare nei dormitori e nascondermi dal mondo?»

«E Zeke?»

Un pesante sospiro mi sfugge dalle labbra. «Non credo che i miei genitori saranno felici di vedermi quando mi presenterò per il Ringraziamento. So che cercheranno di convincermi a non sposarti, a non andare a vivere insieme il prossimo semestre, tutto quanto.»

Annuisce lentamente e parcheggia la macchina ma la lascia accesa. Mi slaccio la cintura, pronta a scendere, ma lui non ha spento il motore.

La conversazione chiaramente non è finita per lui.

Si slaccia la cintura di sicurezza e si gira verso di me.

«Potrei venire con te,» dice.

Apro la bocca, considerando il suo suggerimento, e poi la richiudo.

«Che sguardo è?» chiede Luca, guardandomi con curiosità. Allunga la mano, sfiorandomi la guancia.

«E la tua famiglia e i tuoi genitori? Pensi che Dante sarà d'accordo se salti il Ringraziamento?»

Luca si stringe nelle spalle e guarda verso la casa. «L'ho saltato l'anno scorso. Non l'ha ucciso.»

«Peccato,» ribatto e sussulto. «Scusa.»

«Non chiedermi mai scusa per essere onesta con me. È tutto ciò che ti chiederei,» dice Luca.

So che ha ragione. Non sono sempre stata onesta con lui. Gli ho nascosto Zeke, ma all'epoca non stavamo uscendo insieme e non c'era mai stato un buon momento per rivelargli che avevo un figlio. Non ho intenzione di nascondergli mai più nulla.

«Quindi, Ringraziamento a casa dei miei genitori?» Solo dirlo ad alta voce mi fa venire la nausea.

«Se siamo invitati entrambi,» dice Luca. «Io vado dove vai tu.»

Allungando la mano verso la sua, la prendo nella mia. «Non devi soffrire con me, perché sarà impossibile arrivare alla fine del pasto senza litigare.»

Luca mi attira a sé, tirandomi più vicino. «Non ti lascerò affrontare tutto questo da sola. Siamo in questa cosa insieme. Ti prego, non dimenticarlo mai.»

Ho paura quando arriva il quarto giovedì di novembre.

Il Giorno del Ringraziamento.

Luca ha accettato di venire con me, così potevamo soffrire insieme all'inferno.

Anche se i miei genitori non sono mafiosi, non sono affatto riservati riguardo le loro opinioni. Crescendo, non avevo mai pensato che potesse essere un tratto negativo fino a quando sono rimasta incinta a quindici anni.

Poi quei genitori che tutti i miei amici amavano, che li consideravano come madre e padre, mi sembrò che mi avessero voltato le spalle.

Volevano che mi liberassi del mio piccolo problema, affinché non influenzasse il mio futuro.

Gli avevo rispetto che il corpo era mio e dunque anche la scelta spettava a me.

Non volevo portare avanti la gravidanza, ma mi stavo ribellando, e qualsiasi cosa volessero, io facevo l'opposto.

Forse l'avevano saputo fin dall'inizio, e mi avevano fatto una sorta di psicologia inversa.

Alla fine la gravidanza era stata più pesante di quel che avevo previsto, e crescere un bambino ancora più difficile.

Ma hanno sostenuto qualsiasi decisione io abbia preso.

Credo ancora di aver preso la decisione giusta, anche se è stata difficile per tutti. Zeke è fantastico. Vorrei solo passare più tempo con lui, e sembra che il mio desiderio si stia avverando.

Che io sia pronta o meno.

Il cibo è in tavola, la porcellana di mia nonna, e le posate d'argento vero accanto ai nostri piatti. È l'unica volta che ci è permesso usare i piatti speciali; altrimenti, sono tenuti ben riposti sullo scaffale più alto, fuori portata.

Zeke ha un piatto di plastica, il che è saggio considerando che gli piace far cadere il piatto sul pavimento. La maggior parte delle volte, lo faccio mangiare semplicemente nel seggiolone quando sono con lui, o nel caso ci si trovi a casa di qualcuno con una sala da pranzo con moquette, allora lo imbocco, cosa che lui detesta.

«Grazie per avermi incluso stasera,» dice Luca, sorridendo mentre cerca di rompere la tensione.

Siamo qui da appena venti minuti, il cibo è già pronto. Probabilmente saremmo dovuti arrivare prima, ma onestamente non volevo.

Stavo tremando e piangendo, in pieno attacco di panico. Luca è riuscito a calmarmi, stranamente quasi allo stesso modo in cui sua madre aveva fatto la prima volta che eravamo andati a pranzo insieme.

«Beh, è stata nostra figlia a invitarti.» Papà fissa male Luca.

«Papà, volevo che tu conoscessi Luca.» Prendo la mano di Luca, stringendola. «Lui è importante per me. Speravo che ti saresti preso il tempo di conoscere qualcuno che significa così tanto per me.»

«So tutto quello che mi serve,» dice papà. «È interessato a una cosa sola con mia figlia!»

Catrina si schiarisce la gola e guarda male suo marito. «Oh, calmati, Jack. Come se noi non fossimo stati follemente innamorati quando ci siamo conosciuti.»

«Non ci siamo sposati dopo un mese.»

Catrina forza un sorriso. «No, certamente no. Ma forse dovremmo dare il beneficio del dubbio a questi due piccioncini e lasciare che ci spieghino perché desiderano precipitarsi nel matrimonio e nella vita familiare.»

Mio padre osserva attentamente mamma prima di dire: «Luca, perché non cominci tu? Dal momento che diventerai istantaneamente il padre di Zeke quando sposerai mia figlia.»

Tre settimane dopo, quando Luca è costretto ad aiutare Dante con qualunque affare mafioso stiano trattando, Nikki, Paige, Nova ed io andiamo a cercare un abito da sposa.

Ovviamente, non ci sono solo le ragazze.

Come l'ultima volta, Moreno ci fa da babysitter.

«Possiamo davvero trovare un abito entro febbraio?» chiedo.

È già dicembre, e continuo a sperare che Nikki ritorni in sé, convinca suo marito a posticipare il matrimonio, almeno fino alla laurea.

È in parte per questo che ho accettato di andare a comprare un abito con sua madre. Ma non mi aspettavo che Nikki invitasse anche la madre di Nova. Almeno, Paige ha avuto il buon senso di suggerire che anche Nova si unisse a noi.

Nova sta con me nel camerino mentre Paige e Nikki continuano a procurarmi abiti da provare.

«Possiamo avere un abito per la fine di gennaio se lo ordiniamo da questo negozio,» dice Nikki. «Naturalmente, avrà bisogno di modifiche, ma abbiamo una sarta che può occuparsene in poche settimane. Il che ci porta alla fine di febbraio...» La sua voce si affievolisce.

«Va bene. Stavo pensando all'ultimo sabato di febbraio.» Personalmente, stavo pensando al ventinove febbraio dato che non è un anno bisestile, ma mi trattengo dall'essere sarcastica.

Nikki è gentile, così come Paige, e non voglio che Dante venga a sapere che sto causando problemi.

L'ultima cosa che voglio è ferire Luca.

«Mi piace davvero il primo abito,» mi dice Nova mentre provo il quarto o quinto del pomeriggio.

Ho già perso il conto.

«No, lo stile a sirena non valorizza affatto il mio corpo.» Non ho il seno per indossare l'abito, né le curve. Sembro un albero bitorzoluto.

«Sono d'accordo con Harper,» dice Paige. «Troveremo qualcosa di meglio, qualcosa che ti si addice.» Mi porge un altro vestito da provare, spingendolo attraverso la barriera di stoffa che fa da porta.

Nova prende l'abito e mi aiuta a indossarlo mentre le madri sono fuori a esaminare il negozio in cerca di vestiti disponibili da provare. Si avvicina, sussurrando in modo che nessun altro possa sentire: «Hai davvero intenzione di andare fino in fondo con il matrimonio con Luca?»

«Ho forse scelta?» chiedo, lanciandole un'occhiata da sopra la spalla.

Vorrei fidarmi di Nova, ma la sua famiglia non è affidabile, il che la colloca nella mia categoria dell'incertezza.

Mi fido di Luca, e la sua famiglia non è affidabile.

«Potresti dir loro di no,» sussurra Nova.

La guardo scettica. «Pensi che funzionerebbe con Dante?»

Nova si stringe nelle spalle e si siede sulla panca nel camerino. «Probabilmente no. È solo che odio vedervi sposare con questi presupposti. Semplicemente, non è quello che volete né tu né lui.»

«Hai parlato con Luca?» chiedo, domandandomi cosa abbia detto a Nova sul matrimonio imminente.

Luca ed io non abbiamo fatto nemmeno un minimo di pianificazione per il matrimonio. Non avevamo nemmeno fissato una data precisa fino a oggi, quando l'ho annunciata a Nikki.

Ne avevamo parlato in privato, ma speravamo che più a lungo avessimo aspettato, forse avremmo potuto ritardare il matrimonio ancora un pochino.

«Lui evita le discussioni sul matrimonio, ma immaginavo fosse una cosa da ragazzi. Voglio dire, so il motivo per cui vi sposate...» Mi guarda con serietà. «Dante ti sta costringendo. Ma deve esserci un altro modo.»

«Non c'è,» sussurro, «e non dovremmo parlare di questo vicino a tua madre o a quella di Luca perché qualsiasi cosa sentano ci si ritorcerà contro.»

«Beh, almeno papà sta aspettando fuori,» dice Nova.

Moreno ci ha accompagnate e ha insistito per entrare nel negozio, ma il locale è già piuttosto piccolo e affollato tra i vestiti e noi quattro, più le due commesse. Paige gli ha detto di andare a prendere un caffè e di lasciare un po' di tempo alle ragazze da sole.

Lui ha brontolato ma non ha più messo piede nella boutique. È fuori, probabilmente sta fulminando con lo sguardo chiunque pensi anche solo di entrare nel negozio da sposa.

Nova mi aiuta ad allacciare il retro dell'abito, che è molto troppo grande, ma lo stringe con delle mollette per avere un'idea di come dovrebbe stare. «Cosa ne pensi di questo vestito?»

Tiro la tenda di velluto viola e esco, fermandomi davanti allo specchio a figura intera. Il vestito è assolutamente stupendo, con maniche lunghe in pizzo e una linea ad A che si allarga nel punto giusto.

«Questo è quello giusto,» dico, certa che se mai dovessi sposarmi, questo sarebbe l'abito.

Mi mordo il labbro inferiore, le dita che sfiorano il materiale morbido. Non ho nemmeno guardato il cartellino del prezzo.

«Quanto tempo ci vuole per averlo nella sua taglia?» chiede Nikki alla commessa.

Lei si avvicina, guardando l'etichetta nascosta sul retro dell'abito, e annota le informazioni prima di tornare. «Ne abbiamo due in magazzino della sua taglia. Di solito ci vogliono un paio di settimane, ma possiamo fare una richiesta speciale per farlo consegnare entro venerdì per un ritiro in negozio. Andrebbe bene?»

Il modo in cui la ragazza che gestisce il negozio guarda Nikki mi fa venire i brividi lungo le braccia.

«Sì, passeremo sabato prossimo per provarlo e ritirarlo,» dice Nikki, decidendo già il mio programma al posto mio.

La prossima settimana è Natale.

Nova tiene lo strascico dell'abito mentre torno nel camerino e mi svesto. Afferra la tenda, chiudendola per me prima di slacciare le mollette sul retro, aiutandomi a togliere l'elegante vestito.

«Questo è decisamente quello giusto,» dice Nova, sorridendo mentre mi rimetto i miei vestiti.

«Indosserai un velo?» chiede la commessa mentre mi metto il cappotto e poi tiro la tenda.

«Non ci avevo davvero pensato,» dico.

«Sì, faremo tutto tradizionale,» dice Nikki e poi mi circonda le spalle con un braccio. «Se non ti piace, non sei obbligata a indossarlo, ma dovremmo almeno averlo per il matrimonio. Soprattutto per le foto.»

«Certo.»

E quindi alla fine dovrò indossarlo, se sono costretta ad averlo per le fotografie.

«Grazie, mamma,» dico, le parole leggermente forzate, ma offro un sorriso, cercando di mostrare il mio apprezzamento.

Se posso entrare nelle grazie di qualcuno, quella è sicuramente Nikki, e avrò bisogno di averla dalla mia parte.

Il sorriso di Nikki si illumina quando mi sente chiamarla *mamma*. Mi circonda le spalle con un braccio. «Sono così entusiasta di averti come parte della nostra famiglia, Harper.»

DIECI

NOVA

Scendo di corsa le scale il giorno di Natale, eccitata all'idea che Ashton si unirà a noi per le festività.

«Cosa ti fa alzare così presto?» chiede Luca, sorseggiando una tazza di caffè fumante.

«Sei già qui!» L'eccitazione mi travolge mentre corro ad abbracciare mio fratello. «Buon Natale! Sei venuto da solo?»

Mi guardo intorno, sperando che Ashton sia da qualche parte in questa casa, ma cercando di essere il più possibile discreta.

Discreta non è il mio secondo nome.

«Per ora ci siamo solo io e Ashton. Lui sta aiutando Dante a spostare dei mobili al piano di sopra. Passerò dai genitori di Harper e andrò a prendere lei e Zeke fra circa un'ora.

«Non vengono tutti?» chiedo. So che mamma e papà li hanno invitati, insieme ai genitori di Luca, ma dopo quello che ho saputo essere successo l'ultima volta che hanno fatto visita, immagino che non dovrei essere così sorpresa.

Luca aggrotta la fronte. «Non sono nemmeno sicuro che verranno al matrimonio.»

«Non preoccuparti,» dico mentre mi verso una tazza di caffè, aggiungendo un sacco di panna aromatizzata per eliminare l'amaro. «Sono sicura che cambieranno idea. È il loro nipotino che perderanno se non lo faranno.»

«Sì,» dice Luca sorseggiando dalla tazza. «Spero che tu abbia ragione.»

Si appoggia al bancone della cucina, osservandomi mentre preparo il caffè.

«Come procede con i pacchi?» chiede Luca.

La prossima settimana, ci trasferiremo nella nuova casa che affitteremo. «Bene. Ho quasi finito. Ho sentito papà al telefono mentre cercava di convincere gli attuali inquilini a uscire entro Natale.»

Luca ride. «Posso solo immaginare quanto bene stia andando.»

«Stava imprecando ed è entrato di corsa nell'ufficio di Dante, ancora al telefono.» Scrollo le spalle. «Non sono riuscita a sentire il resto.»

Prende un altro sorso dalla tazza. «Non importa. Che differenza fa una settimana in più? Meno di una, dato che ci trasferiamo il primo del mese.»

«Ventotto,» dice papà, spuntando da dietro.

Quell'uomo è fottutamente furtivo quando vuole. «Siamo riusciti a darti qualche giorno in più prima della ripresa delle lezioni. Vi trasferite il ventotto dicembre.»

«Volevi davvero mandarmi via quest'anno.» Lancio un'occhiataccia a papà, ma non sono arrabbiata con lui. Lui e Dante stavano cercando di essere d'aiuto. Pensano sempre prima alla famiglia, mettendoci al primo posto.

«Dante e io volevamo assicurarci che ci fosse abbastanza tempo per sistemare tutti prima del tuo primo giorno. Soprattutto con Zeke, per il quale abbiamo predisposto tutti gli arredi per la cameretta.»

«Cosa?» Luca si volta e affronta mio padre, Moreno.

«Doveva essere una sorpresa per Harper, ma tuo padre e io abbiamo ordinato un letto per bambini e alcune cose per Zeke.»

Non riesco a leggere l'espressione di Luca. Sta mascherando le sue emozioni in questo momento.

«Sono sicura che Harper e Luca apprezzano il vostro aiuto,» commento, cercando di calmare le acque. È stato gentile da parte di Dante e papà.

«Non mettermi in bocca le parole,» mi rimprovera Luca.

Mi allontano dalla cucina, dando a Luca il suo spazio e lasciandolo a vedersela con mio padre.

«Cosa c'è che non va, figliolo?»

Anche se papà non è il padre biologico di Luca, ha contribuito a crescerlo tanto quanto Dante.

«Vorrei solo che me l'aveste detto. Abbiamo cercato di racimolare soldi per assicurarci che Zeke fosse accudito quando l'avremmo avuto. Stavo pensando di trovarmi un lavoro part-time, e lo stesso Harper.»

Resto nel corridoio, origliando, attenta a non farmi vedere. Ma sono curiosa, perché Luca non ha mai menzionato che stava cercando lavoro. Non riesco a immaginare che abbia tempo per lavorare, con la scuola e l'hockey che gli occupano le giornate.

«Dante non vuole questo per te. Lavori per lui. Saresti troppo impegnato. E ho parlato con lui; ha accettato di pagarti come Ashton.»

«Meraviglioso,» dice Luca, ma non c'è traccia di felicità nel suo tono.

«Ascolta, se davvero non ami Harper, c'è un altro modo per uscirne...»

Lui sbuffa, e posso sentire la tazza che sbatte e si rompe, probabilmente nel lavandino. Mi sporgo per vedere se l'ha lanciata, ma non ci sono pezzi rotti sul pavimento.

Decisamente nel lavandino.

«Non ho intenzione di far del male né a lei né a suo figlio,» dice Luca. «E se anche solo lo suggerisci...»

«Non lo farei,» dice papà. «Sto solo cercando di proteggerti, Luca. Ti ho sempre considerato come un figlio.»

Dei passi risuonano sul pavimento di marmo, e sicuramente vengono dalla scala.

Ora di smettere di origliare. Mi affretto lungo il corridoio per non farmi sorprendere quando alzo lo sguardo e noto Ashton e Dante che si avvicinano.

«Ehi.» I miei occhi si illuminano, e cerco disperatamente di non sembrare troppo ansiosa di vedere Ashton. «Buon Natale.»

Dante ci passa accanto, senza prestarmi la minima attenzione. Sono solo una seccatura per lui, probabilmente come Luca.

Tranne che Luca è suo figlio.

Ashton aspetta un attimo prima che il sorriso gli si allarghi sul viso, e mi stringe in un abbraccio. «Buon Natale, Nova.» Posa le sue labbra sulle mie e, istantaneamente, mi paralizzo.

Lo allontano, con gli occhi spalancati per l'orrore.

«Cosa stai facendo?» chiedo, ma sto soprattutto pensando: *chiunque potrebbe vederci!*

Ashton indica il vischio nel corridoio sopra di noi. «L'ho appeso stamattina.»

Lo colpisco col gomito e gli afferro la mano, trascinandolo lontano da occhi indiscreti o dalle telecamere di sorveglianza. Conosco ogni angolo segreto dove possiamo avere più privacy.

«Vieni con me.» Lo conduco con me nel ripostiglio del corridoio. La finestra di vetro colorato filtra la luce del giorno quanto basta per nascondere la nostra presenza.

Mi dirigo con fare sensuale verso il fondo del ripostiglio, trascinandolo con me. «Avevo voglia di baciarti,» sussurro, alzandomi in punta di piedi per raggiungere le sue labbra.

Ashton è diversi centimetri più alto di me, e si china, prendendomi tra le braccia e sedendosi sulla panchina, tirandomi sulle sue ginocchia.

Le nostre bocche si fondono con un calore ardente che cresce come un vulcano, in attesa di eruttare.

Le sue dita percorrono il mio fianco e poi salgono fino al collo. Delicatamente, abbassa il bordo del mio dolcevita, controllando che il suo segno sia quasi scomparso.

«Qualcuno ti ha chiesto di quello?»

«L'enorme succhiotto che mi hai fatto?» Rido e mi allontano leggermente. «Fortunatamente, ho un sacco di maglioni con colletti abbastanza alti, nessuno ha pensato di chiedere.»

Ashton non si scusa.

Sorride.

«Mi piacerebbe che lo facessi vedere a tutti. Far sapere loro che sei mia,» dice Ashton, e poi ruba un altro assaggio dalle mie labbra.

Le sue mani sono di nuovo attorno ai miei fianchi, tenendomi premuta contro di lui sulle sue ginocchia.

«Un po' possessivo?» mormoro, piuttosto compiaciuta del suo attaccamento verso di me.

Da quello che ho sentito e visto, lui non va a letto con nessuna due volte. Il semplice fatto che sia ancora interessato mi fa fare mentalmente delle capriole di gioia.

Sta fissando le mie labbra, come se fossero il fulcro del suo mondo. «Non etichettarmi,» dice Ashton e mi dà un bacio veloce sulla bocca.

Gemo per la perdita di contatto e gli passo le dita tra i capelli. Alzo il suo sguardo per incontrare il mio. «Vuoi davvero che mio fratello lo scopra?» chiedo.

Sbuffa, e i baci sono momentaneamente interrotti ancora una volta. «No, ma tutta la squadra lo sa. Non siamo stati esattamente silenziosi. Tutti ci hanno visti alla festa dopo la partita.»

In realtà, eravamo silenziosi, ma è stato il nostro pomiciare con tutti che guardavano che ha fatto volare le voci su di noi.

«Quanto tempo ci vorrà prima che Luca lo scopra?» chiedo. Non posso fare a meno di chiedermi se dovrei dirglielo io, o se dovrebbe farlo Ashton. Sono compagni di squadra e migliori amici.

Ma io sono sua sorella.

«Molto presto, se verrà a cercarci,» dice Ashton, e io brontolo, alzandomi. Già mi manca la calda sensazione delle sue mani sul mio corpo.

Si alza e mi mette un ciuffo di capelli ribelle dietro l'orecchio. «Sei arrossata. Vai in bagno e rinfrescati per qualche minuto.»

«E tu?» chiedo.

«Io cosa?» Il suo sorriso svanisce. «Io sono freddo come il ghiaccio.»

Abbasso lo sguardo sul suo corpo e osservo i suoi jeans, dove il suo membro è nascosto. «Davvero?»

«Aspetterò qui qualche minuto,» dice Ashton e mi lascia un ultimo bacio sulle labbra prima che io sgattaioli fuori dal ripostiglio sperando che nessuno mi noti.

Sono più che un po' eccitata quando arriva il ventotto e ci trasferiamo nella casa in affitto nel campus.

È una proprietà più bella dei dormitori che ho visitato, e ancora non posso credere che sia nostra per il semestre.

La casa ha cinque camere da letto su due piani, con molto spazio per il soggiorno e lo studio. È più grande della precedente sistemazione di Luca, dove vivevano lui, Ashton, Liam e Jessie.

Curiosamente, non ho mai incontrato Jessie. Né quando visitavo la casa di Luca nei fine settimana, né quando ci siamo trasferiti. Non c'era mai, ancora meno di Liam, che a malapena si fa vedere in casa.

Il che va bene per me. Vivere con i ragazzi non è la mia prima scelta, ma papà ha insistito che stessi nella stessa casa di Harper e Luca. Trovo l'intera situazione un po' strana dato che presto si sposeranno e Harper ha un figlio, ma va bene così.

A patto che Zeke non pianga nel bel mezzo della notte o mi impedisca di studiare.

Non ho passato molto tempo con il piccolo. L'ho incontrato il giorno di Natale e gli ho fatto un sacco di solletico e coccole.

Era affascinato dal trenino giocattolo che Dante e Nikki gli avevano regalato, che sembrava tenerlo abbastanza occupato, tranne le volte in cui Harper doveva rincorrerlo, ripetutamente.

Harper e Luca sono in fondo al corridoio, con Zeke nella stanza proprio accanto.

La stanza di Ashton è all'estremità opposta del corridoio. «Mi prenoto questa stanza!» esclamo, scegliendo quella di fronte ad Ashton, prima ancora di aprire la porta per verificarne le dimensioni.

La porta di Ashton è spalancata, e lui è sdraiato sul letto, intento a leggere una rivista.

Faccio capolino con la testa, curiosa di sapere se stia solo facendo una pausa o abbia già finito.

Non ci sono scatole nella sua stanza, niente da spacchettare. Potrebbe aiutare in cucina, ma si sta nascondendo, probabilmente finché qualcuno non se ne accorgerà.

«Hai già finito qui?» chiedo.

Lui indica il cassettone. «Ho fatto trasportare il mobile con i vestiti già dentro.» Mi rivolge un'espressione compiaciuta.

«Vuoi aiutarmi?»

«Passo,» dice Ashton e volta la pagina della rivista.

«Okay, non te lo stavo chiedendo.»

Borbotta e chiude la rivista, scendendo dal materasso. Attraversa il corridoio a grandi passi, dà un'occhiata in direzione della stanza di Luca e Harper prima di affrettarsi nella mia stanza e chiudere la porta piuttosto bruscamente.

«Ho detto aiutare.» Rido, guardandolo male mentre apro una scatola imballata e ne ispeziono il contenuto.

«Oh, ho qualche idea per aiutarti.» Muove le sopracciglia in modo allusivo. «Non sono sicuro che coinvolgano quella scatola, però.» Ashton indica le scatole ai miei piedi.

«Sei inutile,» brontolo e scarico tutti i miei vestiti sul letto, addosso a lui.

Ashton ride e afferra un paio dei miei slip gialli facendoli girare sul dito. «Guarda cosa so fare.»

«Puoi mettere la mia roba in quel cassetto in alto,» dico indicando il cassettone.

Mormora qualcosa a bassa voce.

«Cosa hai detto?» Lo fisso male.

«Sembra che siamo sposati. Tu che mi dai ordini.»

«Beh, viviamo insieme.» Sorrido compiaciuta e

metto le mani sui fianchi. «Meglio che ti ci abitui, ragazzo mio.»

Ashton alza gli occhi al cielo e mi lancia un paio di slip.

Li afferro mentre mi cadono sul petto.

Ashton si libera dai vestiti e si alza, lasciando tutte le mie cose sul materasso. «È noioso. Vado a vedere se...»

«Se cosa, Harper e Luca hanno bisogno d'aiuto? Li aiuterai a spacchettare?» Lo fisso. «Ci sono piatti e pentole che devono ancora essere messi a posto in cucina,» gli ricordo.

È meno che inutile. Sono contenta che la sua stanza sia a posto, ma non ha dato alcun aiuto con il resto della casa.

«Volevo vedere se hanno bisogno di aiuto con Zeke,» dice Ashton mentre si precipita verso la porta.

Mi sento quasi in colpa, ricordandomi che mio fratello e la sua ragazza hanno un bambino. Giusto. Zeke.

«Va bene. Ma non insegnare niente di male a quel

bambino,» lo avverto. «Niente rumori di scoregge o altre stupidaggini.»

«Primo punto della lista, rumori di scoregge,» scherza Ashton, e io afferro il cuscino dal materasso e glielo lancio.

Si abbassa e il cuscino colpisce la porta. Si china, lo raccoglie e lo rilancia sul letto.

«Rimando la battaglia con i cuscini a un'altra volta,» dice Ashton aprendo la porta della mia camera. Si affretta nel corridoio. A quanto pare, non vedeva l'ora di uscire.

«E viziare Zeke è compito mio!» grido. «Non dimenticarlo. Sono sua zia!»

Dieci minuti dopo, Zeke irrompe nella mia stanza urlando istericamente.

Alzo lo sguardo e vedo Ashton che lo insegue, con le braccia tese come un mostro. «Ti prendo,» ruggisce con voce profonda, e Zeke si precipita verso di me, gettandomi le braccia intorno alla gamba.

«Lo stai spaventando!» Mi piego, sollevando Zeke tra le braccia.

Esaminandolo più attentamente, non vedo lacrime, solo sorrisi e risate. Tende le braccia verso Ashton.

«Il bambino mi adora,» si vanta Ashton prendendolo dalle mie braccia. «Sono il suo preferito.»

«Bene, perché sono ancora arrabbiata che tu non stia aiutando.» Fingo di fulminarlo con lo sguardo, ma è difficile rimanere arrabbiata quando vedo quanto è bravo con Zeke. E odio ammettere che sta aiutando, solo in modo diverso.

«Zeke, vuoi aiutare questa bella ragazza a mettere via le sue mutandine?» Ashton chiede a Zeke.

Sgrano gli occhi, inorridita. «Oh, mio Dio. Giuro che lo corromperai! Harper!» strillo.

«Zeke ti sta disturbando?» La voce di Harper arriva dal corridoio.

Questa volta, Ashton mi fulmina con lo sguardo. «Va tutto bene! Nova sta facendo la drama queen.»

Vorrei lanciargli qualcosa, ma tiene Zeke tra le braccia.

«Sei proprio un...» Non posso nemmeno imprecare perché il bambino mi sta fissando!

«Un cosa come? » Ashton sorride, chiaramente divertito dalla situazione mentre tiene Zeke stretto al petto. Gira Zeke verso di me, poi mi fa la linguaccia e usa Zeke come scudo umano.

«Non ti sopporto! » Indico la porta. «Fuori! Vietato l'ingresso ai ragazzi! »

«Qualcuno è di cattivo umore. » Ashton ride, chiaramente divertito dalla mia rabbia. Si china, sussurrando a Zeke, ma abbastanza forte perché io senta. «Credo che qualcuno abbia il ciclo. »

«Ti ammazzo, Ashton! » Gli urlo mentre lo inseguo fuori dalla mia stanza fino al corridoio.

Lui fa un passo indietro, ritirandosi con Zeke tra le braccia.

«Tutto a posto? » chiede Luca, scavalcando le scatole nel corridoio etichettate per il bagno e il ripostiglio. Chiaramente, le scatole del bagno non sono state nemmeno portate in bagno.

Luca non ha la minima idea della storia tra Ashton e me. Non posso nemmeno definirla una relazione. Non siamo mai usciti ufficialmente insieme. Ma passiamo del tempo insieme ogni volta che ne abbiamo l'opportunità, che, secondo me, non è abbastanza spesso.

Spero che questo cambi ora che viviamo insieme.

Il che complica un po' le cose, ma non è peggio di quanto sarebbe se Luca scoprisse la relazione tra Ashton e me.

Non deve scoprirlo.

Luca ucciderebbe Ashton.

O almeno, ci proverebbe. Non sono sicura che Ashton non avrebbe la meglio e non prenderebbe a calci il sedere di Luca, o peggio.

Ashton lascia che sia io a parlare. In piedi nel corridoio, solleva Zeke in aria e finge di lasciarlo cadere, guadagnandosi una risata fragorosa dal bambino.

«Il tuo compagno di squadra si sta comportando da idiota, » dico.

Luca guarda Ashton. «Sii gentile con mia sorella. So che voi due non andate sempre d'accordo, ma c'è abbastanza spazio in questa casa per non ammazzarvi a vicenda. D'accordo? »

«È lei che comincia a litigare, » dice Ashton, guardandomi male. Ma posso vedere l'accenno di un sorriso nascosto sulle sue labbra. Sta esagerando questa lite, cercando di far credere a Luca che ci odiamo davvero.

Non so perché mio fratello dovrebbe pensarlo, dato che vengo qui abbastanza spesso e guardo film con Ashton. Ma gli do fastidio un sacco per quei documentari che mette. Sono noiosissimi, e giuro che lo fa apposta per farmi arrabbiare.

«Non sono sicura che la casa sia abbastanza grande con il suo ego, » ribatto.

«Tregua, » ordina Luca, guardando entrambi. «O giuro che vi farò condividere una camera, con due letti, e vi terrò chiusi lì dentro fino alla ripresa delle lezioni. »

«Sei cattivo, » fingo di essere infastidita con Luca. «Ma va bene. Tregua. » Tendo la mano ad Ashton per stringerla sul patto.

Ashton inizia a tendere una mano ma interrompe il movimento. «Finché posso ancora portare ragazze in camera mia mentre lei è lì dentro, non m'importa.»

Ritiro la mano di scatto e la stringo a pugno.

«Stai davvero rischiando la vita» minaccio.

Luca guarda male Ashton. «Sta scherzando. Non ci saranno feste selvagge o innumerevoli ragazze che entreranno in camera tua. Abbiamo Zeke qui, che ha bisogno di una vita normale.»

«Normale» dice Ashton alzando un sopracciglio, guardandomi. Non c'è nulla di normale nella nostra situazione o circostanza. «Certo» conclude lentamente.

«Non farmi pentire di essermi trasferito qui con tutti voi» dice Luca. Sembra una minaccia, ma niente di tutto questo dipendeva da lui. I suoi genitori hanno tirato le fila, come fanno sempre.

Zeke si agita tra le braccia di Ashton, diventando irrequieto, e lui lo solleva in aria, fingendo di lanciarlo, questa volta verso Luca. «Lo prendi?»

«Non osare lanciare mio figlio!» La voce di Harper risuona nel corridoio.

«Stavo solo scherzando» dice Ashton. «Vero?» Strofina il naso contro quello di Zeke, che gli afferra il naso.

Harper avanza a passo deciso tra le scatole verso di noi. «Dammelo qui» dice, tendendo le braccia verso Zeke.

Nel momento in cui Zeke vede sua mamma, inizia ad agitarsi per raggiungerla e tende le braccia verso di lei.

Ashton lascia andare il bambino, e io sorrido compiaciuta. «Bene, ora puoi aiutarmi a disfare i pacchi» dico.

Luca indica le scatole etichettate *bagno*. «Tanto vale iniziare, visto che hai finito nella tua camera.»

«Posso aiutare Nova a disfare i pacchi? Ha un sacco di scatole nella sua stanza» chiede Ashton, ma mi sta guardando, aspettando la mia risposta.

«No» diciamo Luca e io all'unisono.

«Non siete per niente divertenti» mormora mentre afferra la scatola più vicina con l'etichetta *bagno* abbandonata nel corridoio e la porta via.

«Potrebbe andare peggio» dico. «Mamma e papà si sono offerti di aiutare. Potremmo avere l'intera crew mafiosa a disfare le nostre cose.»

«E a piazzare cimici» commenta Harper, portando Zeke con sé mentre torna nel corridoio.

«Non lo farebbero, vero?» chiedo, guardando Luca e Ashton.

Ashton non risponde. Entra in bagno con la scatola e chiude la porta.

Dubito che stia disfacendo i pacchi, probabilmente sta solo tenendo il broncio perché l'ho messo nei guai.

UNDICI

MORENO

Bussando alla porta dell'ufficio di Dante, rifletto dentro di me sulle mie opzioni.

Rimuginare sulla verità non la farà sparire.

Ma non posso continuare a ignorare ciò che ho visto.

Non lo farò.

Bisogna fare qualcosa al riguardo.

«Posso parlarti un momento, signore?» Rubo l'attenzione di Dante per un attimo, avendo bisogno di confrontarmi con lui.

Ho già aspettato troppo.

«Certo,» dice e mi fa cenno di entrare nel suo ufficio e di accomodarmi.

Dante aggrotta la fronte e si allenta la cravatta. È tardi, e sebbene dovremmo chiudere per la notte, c'è sempre qualcosa da fare.

«Quell'espressione sulla tua faccia fa preoccupare anche *me*,» dice Dante.

La sua leggera preoccupazione impallidisce in confronto al nodo che ho nello stomaco.

Vorrei vomitare, ma non sarebbe ben visto farlo nell'ufficio del boss della mafia.

Espiro pesantemente e trovo le parole che ho disperatamente voluto dire, che mi stanno divorando dentro.

«È riguardo al ragazzo che hai assunto e mia figlia.» Lo dico a denti stretti. Se stringessi più forte, probabilmente mi si spezzerebbe un dente.

Dante inclina la testa di lato.

«Il ragazzo. Intendi Ashton?» chiede Dante, poi socchiude gli occhi. «Cosa ti fa pensare che stia succedendo qualcosa, Moreno?»

Dante è bravo a giudicare il carattere delle persone, per non parlare del fatto che sa leggermi meglio di chiunque altro sotto il suo comando.

Come non abbia visto lo stress e la preoccupazione sul mio viso non lo so, ma suppongo di aver imparato a nascondere alcuni dei miei segni rivelatori.

«Ho visto Ashton e mia figlia intrufolarsi insieme nell'armadio del corridoio quando è venuto a trovarci per Natale.»

Gli occhi di Dante si stringono e lui si appoggia allo schienale della sedia, intrecciando le mani sulla scrivania. Inclina la testa all'indietro, riflettendo sulla mia accusa.

«E pensi che stia succedendo qualcosa di losco sotto il mio tetto?» chiede Dante.

«Penso che si stia scopando la mia piccola,» sbotto contro il boss della mafia.

Dante non batte ciglio. «Nova ha diciotto anni. È al college, vive con questo ragazzo di cui ti preoccupi.»

Il calore mi lambisce la pelle mentre slaccio il primo bottone del colletto della mia camicia. Mi sento soffocare solo a pensare alle sue zampe addosso a mia figlia.

«Lo so,» dico con voce strozzata. Mi stringo il ponte del naso e poi fisso Dante. «Incolpo te, per averlo portato in casa nostra, per averlo fatto lavorare per la famiglia.»

Dante sospira.

Non dice una parola, non subito.

Guarda le sue mani intrecciate e poi me.

«Potrei avere un'idea.»

«Potresti avere un'idea?» Mettere in dubbio il boss della mafia di solito non è saggio, ma non riesco a trattenermi.

Potrebbe non mi soddisfa. Sono pieno di una rabbia incontrollabile. Se dipendesse da me, farei uccidere l'uomo che convive con mia figlia o, come minimo, lo farei torturare e castrare.

Ma lui lavora per Dante.

Come me.

Anche se ho lavorato per lui più a lungo, la situazione non è meno complicata.

«Ti fidi di me?» chiede Dante, fissandomi con uno sguardo fermo.

«Implicitamente.»

Non farei questo lavoro se non mi fidassi del mio boss. È anche il mio migliore amico, ma a volte le sue scelte sono discutibili, come scoparsi Nikki al bar quella notte, mettendola incinta.

Certo, lui sapeva chi era, la figlia del suo nemico, e l'aveva comunque cercata.

Non aveva dato ascolto al mio consiglio quando gli avevo detto di lasciar perdere.

«Bene, perché ho un'idea, ma dovrai lasciarmi gestire la cosa.»

Non mi piace essere tenuto all'oscuro, ma acconsento comunque.

«Mi fido di te,» dico, e sebbene sia la verità, non mi fido di quel serpente di Ashton che vuole rubare la verginità della mia bambina.

DODICI

NOVA

«Posso entrare?» Ashton bussa alla porta aperta della mia camera, distraendomi mentre leggo un libro.

Ho lasciato la porta aperta perché Zeke continua a correre su e giù per il corridoio, bussando, entrando nella mia stanza per le coccole, per poi scappare via.

È la sua versione personale del gioco del cucù o qualche altro gioco da bambini che non ho ancora ben capito.

È un bambino carino, ma mi fa rendere conto di quanto Luca si sia invischiato con Harper.

Sembrano felici, almeno dall'esterno, ma tutti in casa conoscono la verità. Non devono nasconderla a nessuno di noi.

«Nova?» dice Ashton quando non gli rispondo.

Come se avessi molta scelta. Lo conosco, non se ne andrà finché non mi avrà infastidita con qualunque cosa abbia da dire.

«Sì, entra.» Gli faccio cenno di entrare, mi metto seduta e inserisco un segnalibro nel romanzo, chiudendo le pagine.

Chiude la porta dietro di sé, e io alzo un sopracciglio, incuriosita.

Sono ancora infastidita per la sua mancanza di aiuto nel disfare i pacchi nella mia stanza e in casa questo pomeriggio, ma alla fine ha collaborato e ora tutte le scatole sono state svuotate e tutto è stato sistemato.

«La tua stanza è bella,» dice, guardandosi intorno, assorbendo ogni dettaglio.

«Non aspettarti un grazie,» dico, fulminandolo con lo sguardo.

Ho appeso lucine bianche lungo la parete e una

bacheca di sughero decorata con alcune foto dei miei amici.

C'è ancora altro da fare per decorare la mia stanza, ma sono troppo stanca stasera per finire.

Lo fisso, chiedendomi perché sia qui. Di certo non è per applaudire i miei sforzi nel disfare i bagagli e sistemare le mie cose.

Si avvicina alle fotografie sul mio muro, studiandole. «Manca una foto.»

«Davvero?» chiedo, osservandolo.

Non sa chi siano i miei amici o quali foto ho portato con me da casa. Non ha mai messo piede nella mia camera d'infanzia.

«Ti serve una foto del tuo ragazzo,» dice Ashton.

Le mie labbra si schiudono e alzo un sopracciglio. Non abbiamo ancora messo un'etichetta su qualunque cosa ci sia tra noi.

È difficile mettergli un'etichetta come "ragazzo" quando non abbiamo fatto nulla insieme fuori da questa casa.

«Sarebbe difficile dato che mio fratello non sa di te. E non siamo nemmeno ancora usciti insieme. Lo status di fidanzato non deriva solo dalle attività in camera da letto.»

«Allora usciamo insieme,» dice Ashton. «Mercoledì sera, tu, io e una cena fuori.»

«E Luca?»

Ashton aggrotta le sopracciglia. «Vuoi invitare tuo fratello al nostro appuntamento? È un po' strano.»

Sbuffo, ridacchiando.

Ha proprio un bel senso dell'umorismo. «No. Come pensi di gestire la situazione quando lo scoprirà?» chiedo.

È per questo che non mi ero permessa di pensare a una vera relazione, perché questa cosa divertente tra noi non potrà durare se resterà un segreto.

Luca non sarà entusiasta quando scoprirà che andiamo a letto insieme. Ha chiarito a tutti i suoi compagni di squadra che sono off-limits.

Solo perché sono iscritta all'Evergreen non cambierà la sua posizione di fratello maggiore iperprotettivo e opprimente.

Ashton riduce la distanza tra noi, avvicinandosi al mio letto, dove sono seduta. «Affronteremo la cosa quando sarà il momento.»

«Tutta la squadra lo sa, Ashton.»

Si passa una mano tra i capelli. «Non gli hanno detto niente, e lui è già abbastanza distratto con il matrimonio il mese prossimo. Diamogli solo un po' più di tempo.»

Non discuto con lui perché so che Luca non prenderà bene la notizia. Non voglio davvero essere io a ricevere la sua ira quando lo scoprirà.

Inoltre, l'ultima cosa che voglio è rovinare qualcosa che non è ancora completamente iniziato. Voglio vedere dove ci porterà questa cosa tra me e Ashton. Soprattutto se ha intenzione di portarmi fuori.

E poi, c'è la possibilità che possa ancora spegnersi.

Perché rischiare di coinvolgere Luca in quello che potrebbe essere assolutamente nulla?

Ho fantasticato su come sarebbe un appuntamento con Ashton Rinaldi, ma era rimasto solo quello: una fantasia.

Fino ad ora.

«Mercoledì, è un appuntamento,» dico e do un colpetto al materasso accanto a me. Non c'è molto spazio, ma può venire qui a stare con me, a farmi compagnia per un po'.

Non è che io stia per addormentarmi presto.

Sono troppo stimolata e non sono minimamente capace di chiudere gli occhi e addormentarmi.

E con Ashton vicino a me, trovo ancora più difficile rilassarmi.

Le sue labbra si incurvano in un sorriso malizioso. «Bene. Non vedo l'ora.» Si lascia cadere sul letto singolo con me e si distende. «Il tuo letto è super comodo.»

«Lo so,» dico con aria sfacciata. «Ho scelto il miglior materasso, così da farti sentire tentato a dormire qui con me.»

«Davvero?» chiede Ashton, con gli occhi che si spalancano.

Rido, scuotendo la testa, cercando di nascondere il sorriso che mi cresce sul viso. «No,» dico.

È troppo ingenuo.

È carino.

Mi appoggia una mano sulla coscia e la stringe con decisione.

Il respiro mi si blocca in gola, e cerco di fingere che il suo tocco non mi trasformi in una pozzanghera tremante.

«Sei pronta per le lezioni di lunedì?» chiedo, cercando di distrarlo, e forse sto distraendo anche me stessa.

Lui ridacchia. «Mai. Vivo per l'hockey e per i giorni liberi. Che corsi stai seguendo questo semestre?»

«Tutti corsi generali. Roba noiosa.» Scendo dal letto e già mi manca il suo tocco sulla coscia. Prendo il mio zaino, tiro fuori il mio orario e glielo porgo per farglielo esaminare.

Lo guarda, studiandolo attentamente. «Siamo entrambi a Psicologia 101.»

«Fantastico, così gli farai vedere che caso umano sei,» scherzo.

Ashton accenna un sorriso. «Ci vuole un matto per riconoscerne un altro.»

Mi restituisce l'orario, e io lo piego e lo rimetto in una tasca laterale dello zaino prima di risalire sul letto.

«Spostati.» Lo spingo giocosamente. «Stai occupando tutto il mio letto.»

Un sorriso astuto si allarga sul suo viso mentre si rotola sulla schiena, posando la testa sul mio cuscino, stiracchiandosi mentre occupa l'intero materasso. «Vieni a unirti a me.»

Gli ringhio giocosamente mentre mi avvento su di lui. Mi metto a cavalcioni sui suoi fianchi, con le mani saldamente piantate sul suo petto. «Dovrei punirti per quello che hai fatto questo pomeriggio.»

Mi sorride maliziosamente. «Mi piacerebbe vederlo: mostrami cosa mi faresti.»

Mi chino, il mio respiro che stuzzica le sue labbra mentre muovo i fianchi contro i suoi. Lui mi afferra i fianchi e inclina la testa all'indietro, chiudendo gli occhi. «Se questa è la tua idea di punizione, sono goloso di dolore,» sussurra Ashton raucamente.

La sua voce è piena di desiderio, e mi fa formicolare dentro.

Muovendo i fianchi contro i suoi spinge il mio corpo a diventare più caldo, e mi abbasso, lasciando che i miei seni lo sfiorino mentre copro le sue labbra con le mie, bisognosa di un assaggio, bramandolo.

Le mani di Ashton rimangono salde sui miei fianchi mentre spinge verso l'alto contro di me e io muovo i fianchi contro di lui. Solleva il suo corpo, le sue labbra si spostano su quel punto sensibile del mio collo dove inizia a succhiare e baciare, facendo sciogliere il mio interno.

«Cazzo, Ashton,» mormoro, rendendomi conto di quanto velocemente sto perdendo il controllo.

«È un permesso?» Mi sorride e ci fa rotolare, prendendo il comando.

«Sì,» rispondo con voce roca, scoprendo che il mio corpo risponde al suo tocco mentre mi spoglia rapidamente dei jeans, facendoli scivolare giù dai miei fianchi e gettandoli sul pavimento.

La sua bocca è sulle mie cosce, e la stanza è soffocante. Muovo le mani sui miei fianchi, sollevando la maglietta e lanciandola dall'altra parte della stanza.

«Non mi hai nemmeno aspettato,» scherza Ashton, ed è tutto sorrisi. «Mi piace quando prendi l'iniziativa, ma ora tocca a me avere il controllo.»

Il mio interno freme alle sue parole, e la sua bocca traccia un caldo sentiero di baci lungo il mio collo mentre slaccia il mio reggiseno, togliendolo prima di attaccarsi al mio seno.

La sua bocca e la sua lingua si muovono vorticosamente sul mio capezzolo, le sue dita esplorano abilmente il mio corpo.

Mi inarcò verso di lui, il suo tocco trasforma il mio corpo in lava fusa. Le mie dita trovano la cintura dei suoi pantaloni della tuta, il mio tocco leggero come una piuma mentre guido la mia mano verso il suo membro, toccandolo, desiderandolo.

«Nova,» ringhia e appoggia una mano sul mio braccio. «Non sono venuto qui per scoparti.»

«Ma ora sei qui, e io sono nuda,» dico.

«Non completamente nuda. Lascia che ti aiuti con quello.» Infila le dita nelle mie mutandine, facendole scivolare giù dai miei fianchi con un unico movimento fluido. «Molto meglio.»

Il suo respiro è contro la mia pelle, brucia un sentiero di baci risalendo le mie cosce mentre accarezza le mie gambe e si sposta più in alto verso la sua destinazione.

«Hai troppi vestiti addosso,» dico e cerco di sedermi per raggiungere i suoi pantaloni della tuta, volendolo nudo con me. «Voglio sentire tutto di te.»

Ashton si sposta da me, e io gemo, ma è solo per un rapido momento mentre si toglie i vestiti e torna sopra di me.

«Dove vuoi sentire *tutto di me*? Qui?» chiede, e le sue dita stuzzicano le labbra della mia figa prima di far scorrere il palmo sul mio sedere. «O qui?»

I miei occhi si spalancano e trattengo il respiro. «Decisamente non il mio culo. Non hai il permesso di toccarlo.» Gli allontano la mano con uno schiaffo.

Ashton sorride e ridacchia. «Sei sicura? Ti prometto che può essere dannatamente fantastico,» mi sussurra nell'orecchio, e io rabbrividisco.

È impossibile che non si renda conto di ciò che mi fa. Il mio corpo è completamente suo da prendere.

«Se tocchi il mio culo, ti taglierò la fottuta gola, Ashton.»

«Capito. Rispetterò i tuoi limiti,» dice. La sua bocca scende di nuovo sulla mia.

Mi rilasso al suo tocco, al bacio, il mio corpo si scioglie contro di lui e si distende.

Mi fido di lui.

Le sue mani scivolano sul mio fianco e scendono tra le mie cosce, allargando le mie gambe per lui.

Le sue labbra si spostano in mezzo alle mie cosce, e mi copro la bocca con la mano, facendo attenzione a non urlare, cercando di contenere i miei gemiti.

La porta della camera da letto si spalanca senza preavviso. «Nova, hai un...»

Gli occhi di Harper si spalancano mentre assiste ad Ashton che mi scopa con la lingua, e sento la porta sbattere bruscamente chiusa dietro di lei.

«Merda,» ansimo.

TREDICI

ASHTON

Mi allontano da Nova, afferrando i miei vestiti e infilandomi i pantaloni della tuta. «Mi dispiace. Devo parlarle, impedirle di dirlo a Luca.»

Esco di corsa dalla stanza, inseguendo Harper prima che possa rivelare a Luca quello che ha appena visto.

Riesco a raggiungerla nel corridoio. Ha gli occhi spalancati, è appoggiata al muro, sconvolta. Probabilmente, sta ancora elaborando ciò che ha visto tra noi.

Harper alza lo sguardo, mi vede e apre la bocca. Prima che abbia il tempo di rimproverarmi, l'afferro e la trascino di nuovo nella camera di Nova.

«Cosa stai...» chiede, lasciando la frase a metà.

Harper sta digrignando i denti, fulminandomi con lo sguardo mentre apro la porta della camera, poi cede, rientrando nella stanza di Nova. «Va bene,» brontola.

Nova si è nascosta sotto le lenzuola. I suoi vestiti sono ancora sparsi sul pavimento.

Perché non si è vestita? Almeno si è coperta.

Chiudo la porta dietro Harper, bloccandola per il tempo necessario ad assicurarmi che nessun altro faccia irruzione.

«Dobbiamo parlare,» dico, con lo sguardo fisso su Harper.

Sembra perplessa per ciò che ha visto. Non possiamo nemmeno fingere che non fosse esattamente ciò che sembrava.

Non c'è spiegazione su perchè Nova fosse nuda e per la mia lingua che la esplorava tutta.

Dirle che frequentiamo Biologia insieme non solo sarebbe una bugia, ma una follia assoluta.

Non è così stupida da credere che quello che stiamo facendo sia *studiare*.

«Da quanto tempo?» chiede.

Mi chino e lancio a Nova i vestiti che sono sul pavimento.

Si infila i vestiti sotto le lenzuola.

Il fatto che non sia la prima volta non dovrebbe fare alcuna differenza. Potremmo mentire e dirle che ci siamo lasciati trasportare dal momento, ma resta il fatto che lei non può dire una parola su questo.

«Importa? Non puoi dirlo a Luca,» dico, fissando Harper, supplicandola silenziosamente di non tradirci.

«Non puoi chiedermi di tenere un segreto del genere con lui.»

Mi avvicino, torreggiando su di lei. «Non è un segreto che spetta a te rivelare.»

È una minaccia, leggera. Non ho intenzione di ucciderla, ma farò tutto il necessario per impedire che Luca lo scopra.

Sospira dolcemente e guarda da me a Nova. «Dovete dirglielo,» dice Harper. «Lo scoprirà, prima o poi.»

«Dacci solo tempo. Okay?» chiede Nova. «Glielo diremo. Solo, ho bisogno di più tempo.»

La mascella di Harper è tesa, e si stringe le labbra. «Non dirò nulla stasera, ma non potete chiedermi di nasconderglielo per sempre.»

«Non sarà per sempre,» le assicuro e appoggio una mano sul suo braccio. «Abbiamo solo bisogno di più tempo.»

Harper rimane in silenzio per un attimo, valutando le sue opzioni. «Mi siete debitori,» dice, e odio sapere di dover un favore a qualcuno, ma annuisco comunque.

«Affare fatto.»

QUATTORDICI

ASHTON

Harper mantiene il nostro segreto. Sembra evitarmi nelle settimane successive, e Nova ed io siamo particolarmente cauti in casa per non sembrare troppo affettuosi.

Guardiamo ancora la televisione insieme in soggiorno, e il nostro flirtare è decisamente più moderato di quanto lo sia in camera da letto quando siamo insieme in casa.

Siamo usciti insieme diverse volte, ma tra gli allenamenti e lo studio, non abbiamo avuto molto tempo libero. Per non parlare dei miei fine settimana, che sono impegnati a casa dei suoi genitori, dove l'atmosfera è sembrata un po' più tesa del solito.

Moreno mi lancia occhiate fulminanti ad ogni occasione, e Dante sembra scontento per qualcosa che ho fatto recentemente. Non sono sicuro esattamente cosa abbia fatto per farli arrabbiare entrambi.

Ho aiutato Luca al poligono di tiro, perfezionando la sua tecnica e lavorando sulla sua mira, il che ha richiesto molto più tempo di quanto avessi inizialmente previsto.

«Ashton, posso parlarti un attimo?» chiede Dante.

Luca guarda il padre in modo strano ma non lo interrompe né lo ferma.

«Certamente, signore» dico e seguo Dante attraverso il labirinto di corridoi fino al suo ufficio. Mi ha chiesto di tenere d'occhio Harper, di assicurarmi che mantenga il segreto della famiglia.

«Entra. Accomodati.» Indica la sedia vuota di fronte alla sua scrivania.

Mi siedo, incerto sul motivo per cui mi trovo qui. «Va tutto bene, signore?» chiedo.

«Sì e no» risponde Dante. Chiude la porta, assicurandosi che siamo solo noi due, da soli.

«Harper non ha parlato a nessuno di voi, della famiglia o degli affari» dico, chiarendo che sto facendo il mio lavoro come assegnato.

È per questo che continuo a presentarmi a pranzo con Harper e Kensley. Non perché mi piaccia Kensley, anche se, per un momento, ho pensato che potesse provare qualcosa per me. Ma sono abbastanza sicuro che ultimamente stia dando solo segnali di amicizia.

«Bene. Sapevo che avresti fatto in modo che il nostro segreto rimanesse al sicuro» dice Dante. «Ma non è per questo che ti ho chiamato nel mio ufficio.»

Non ho la minima idea di cosa possa preoccupare Dante se non è Harper. Lei sembra essere la principale causa del dramma in casa Ricci ultimamente.

«Si tratta di mio padre?» chiedo. Dante e Aurelio parlano regolarmente, a quanto mi hanno detto.

Dante ha condiviso storie sul mio coinvolgimento negli affari di famiglia dei Ricci, tenendo mio padre informato sui miei punti di forza e debolezza, a quanto pare.

La settimana scorsa ho ricevuto una bella sgridata dal mio vecchio.

«Questo non ha nulla a che fare con Aurelio...tuo padre» dice Dante. «In realtà, è un argomento molto più delicato.»

Dante viene ad appoggiarsi sul bordo della scrivania, sedendosi di fronte a me, guardandomi dall'alto.

«Quello che sto per dirti, Ashton, richiede assoluta discrezione.»

«Naturalmente» dico e mi raddrizzo sul posto. «Hai la mia lealtà, signore.» Anche se servirò gli affari di mio padre dopo la laurea, in questo momento mi sto addestrando e la mia fedeltà è a Dante Ricci.

Se i nostri padri non fossero stati alleati, questa sarebbe una situazione piuttosto precaria.

«Bene, sono contento di sentirlo, figliolo» dice. «Perché ho un lavoro per te. Uno di cui ho già parlato con tuo padre.»

«Oh? Che tipo di incarico?» chiedo, sporgendomi in avanti, con l'eccitazione che ribolle dentro di me.

Avrò la mia prima missione per aiutare a eliminare un nemico di Dante?

Vorrà che uccida qualcuno per lui?

Forse ha bisogno che io vada sotto copertura a spiare un suo nemico. Non sarebbe la prima volta che mi chiede di tener d'occhio qualcuno per lui, ma almeno Harper è stata un incarico facile. Avvicinarmi a lei non è stato troppo problematico.

«Si tratta di qualcosa di un po' più personale, un po' meno oscuro,» dice Dante. «E il pagamento... sarà un incarico continuativo e includerà un sostanzioso anticipo insieme a un discreto compenso mensile.»

Sembra un po' troppo bello per essere vero, ma mi fido di lui.

«Qualunque cosa sia, lo farò.»

«Sono lieto che tu l'abbia detto, perché ho bisogno che tu sposi Harper McKenna,» dice Dante.

L'aria mi esce dai polmoni e non riesco a respirare.

Vuole che sposi Harper?

Non può essere serio, ma l'espressione sul suo volto, non sta sorridendo e certamente non sta scherzando.

Non c'è risata che gli esce, nessun accenno di umorismo.

E ho già accettato prima ancora di sentire la sua richiesta.

Non ho mai tradito un don, ma non può onestamente credere che Harper accetterà l'accordo.

Harper e Luca si frequentano.

C'è chiaramente una scintilla tra loro. C'è stata fin dal primo momento in cui li ho visti insieme. Sono o roventi o freddi come il ghiaccio, e in questo momento, il vapore tra quei due sembra essere al massimo.

È impossibile non sentirli attraverso le pareti sottili, soprattutto quando sono in soggiorno sul divano a guardare un film.

Luca mi farà fuori se mi intrometto nella loro relazione.

Certo, che Dante mi uccida non è una soluzione molto migliore.

La mia vita finisce comunque con la morte.

Preferirei affrontare Luca piuttosto che suo padre e l'intera famiglia Ricci.

«E se lei dice di no?» chiedo, con la gola roca.

Non voglio sposare Harper.

Sì, provavo qualcosa per lei quando ci siamo incontrati la prima volta, ma quei desideri si sono spenti nel momento in cui ho capito che a Luca piaceva davvero.

E ora c'è Nova, l'unica ragazza che mi toglie il respiro con un solo sguardo. L'unica ragazza di cui voglio conoscere ogni centimetro, giorno dopo giorno.

È già abbastanza difficile mantenere *lei* segreta, ma anche solo contemplare di sposare Harper mi fa ribollire i nervi.

«Harper non dirà di no, perché tu non glielo permetterai. Sei intelligente, figliolo, ti assicurerai che sappia che sposandoti salverà la sua vita e quella del suo bambino.»

Lavorare per la mafia è pericoloso. Non sono mai stato cieco di fronte a questo, ma sapendo che sto per imporre l'idea di un matrimonio a una ragazza che non è interessata a me, mentre provo sentimenti per un'altra, mi fa stare fisicamente male.

Dante allunga la mano verso il suo coltello sulla scrivania, le dita che sfiorano la lama.

È un avvertimento silenzioso.

Obbedire o morire.

Ha minacciato la vita di Harper una volta e quella di Luca. Non gli ci vorrebbe molto per ordinare la mia morte.

Non sono niente per lui, solo un altro soldato.

Ma ciò che mi preoccupa più di tutto, potrebbe persino far del male a Zeke.

«Non hai problemi a seguire un ordine, vero?» chiede Dante.

QUINDICI

HARPER

Gennaio e febbraio sono pieni di neve e freddo. Ho stabilito una routine con Zeke, portandolo all'asilo nel campus ogni giorno mentre sono a lezione.

Luca e io non abbiamo corsi insieme questo semestre, il che è un peccato, ma allo stesso tempo non sto sudando per un altro corso di economia, il che è un sollievo.

Sono riuscita a superare l'esame finale, tutto grazie all'aiuto di Luca che mi ha fatto studiare durante l'intero semestre. Sono anche riuscita a mantenere alto il mio GPA per continuare con la borsa di studio, che è almeno una cosa di cui non devo preoccuparmi.

Entrare nel mio abito da sposa, invece, è una nuova paura che ho dovuto scoprire di recente.

Ci sono voluti tre tentativi di modifiche da parte della sarta per sistemarlo come si deve.

Sua madre non ha partecipato all'ultima prova, e ad essere sincera, ne ero sollevata perché significava che non dovevo fingere un sorriso per tutta la giornata.

Non che lei non conosca la verità.

Ma ho cercato di comportarmi in modo allegro ed entusiasta, non volendo farle temere che possa tirarmi indietro all'ultimo minuto.

Pianificare un matrimonio dovrebbe essere la parte più emozionante, ma io non ho fatto nulla per organizzare il matrimonio. Sono stata una spettatrice.

Ho potuto scegliere il mio abito da sposa; è stato il massimo del mio coinvolgimento.

E suppongo di aver potuto scegliere la data, purché a febbraio.

Le scelte non sembrano nemmeno davvero mie.

Luca è stato distante, impegnato con suo padre nei fine settimana, agli allenamenti e in palestra, per non parlare delle sue partite di hockey.

Non ha cercato di essere distante, almeno non credo, è solo che stiamo cercando di incastrare le nostre vite insieme e con Zeke. Non posso fare a meno di chiedermi se non mi abbia ancora perdonato per avergli mentito.

Sento un forte bussare alla porta della camera. «Avanti,» rispondo mentre cerco di sistemare il mio abito da sposa.

Zeke è ancora all'asilo per un'altra ora prima che io debba passare a prenderlo.

Luca è a lezione. Non sono sicura di chi sia in casa in questo momento.

Sto provando il mio abito, fissando il mio riflesso nello specchio a figura intera.

«Wow,» la voce di Ashton mi coglie di sorpresa, e mi giro con indosso l'abito, tenendolo su, ma non sta per cadere. Ha una cerniera dietro, che lo rende più facile da chiudere rispetto a doverlo allacciare.

Anche se amavo il design del corsetto, mi sentivo soffocare.

Un'altra modifica.

Mentre dà l'illusione di un corsetto nella parte posteriore, c'è una cerniera nascosta per rendere l'abito più comodo.

In qualche modo, l'abito è pronto per il matrimonio di questo sabato.

Continuavo a sperare che se non fosse stato pronto, forse il matrimonio sarebbe stato rinviato.

«Troppo esagerato?» chiedo, sentendo i suoi occhi percorrere l'abito.

Scuote la testa. Un sorriso sardonico increspa i suoi lineamenti.

«Assolutamente no.»

Raccolgo la parte inferiore, impedendo che il velo venga calpestato. «Che succede?» chiedo, chiedendomi perché stia bussando alla mia porta nel pomeriggio e non sia in palestra con Luca.

«Volevo parlarti. Ho una proposta,» dice Ashton, e

stringo le labbra, non apprezzando il tono che sta prendendo questa conversazione.

Il mio disappunto dev'essere evidente perché lui si sforza di sorridere.

«Rilassati,» Ashton alza le mani in segno di resa. «Sto solo cercando di aiutarti.»

Non mi fido della sua versione di *aiuto*.

«Aiutarmi?» sollevo un sopracciglio scettica. «Non credo che tu sia nel ramo di aiutare gli altri, Ashton.»

Era presente la notte in cui ho incontrato il bambino.

Non l'ho visto cercare di aiutare nessuno se non se stesso.

«Non credo che dovresti sposare Luca. Dovresti sposare me invece.»

Per poco non muoio dal ridere.

Ashton non può essere serio.

I miei occhi si inumidiscono mentre delle risatine escono dalle mie labbra, finché non mi rendo conto che lui non sta ridendo né facendo una battuta.

«Sei pazzo. Inoltre, Dante ha insistito che io sposassi Luca: suo figlio sarebbe stato un mafioso, io sarei stata protetta.» Agito la mano in aria come se questo spiegasse gli ultimi mesi di caos.

«Suo padre ha fatto altri accordi. Vuole che ci sposiamo noi.»

«Non ti credo,» dico facendo un passo indietro. «E tu stai con Nova!» Scuoto la testa, sentendomi tradita a nome di tutti noi: Luca, Nova e me stessa.

Il tono di Ashton non è meno calmo né contiene il minimo rimorso. «Non è stata una mia idea.»

Riesco a vedere la tempesta nei suoi occhi, le emozioni contrastanti che gli attraversano il viso, le spalle curve, piene di sconfitta.

Non mi sta convincendo, e certamente non è innamorato di me.

«Allora è un motivo meraviglioso per sposarci, perché non è stata una tua idea,» sbotto.

Afferro la cerniera dell'abito, con la voglia di strapparmelo di dosso. L'idea di sposare chiunque in questo momento mi fa ribollire il sangue e faccio fatica a respirare.

«Girati!» Lo rimprovero mentre allento il tessuto, trovo la cerniera e lascio che l'abito scivoli a terra.

Ashton obbedisce, voltandosi verso la porta, guardando lontano da me.

Esco dall'abito da sposa, prendo una vestaglia e la indosso velocemente, non volendo restare svestita in sua presenza.

«Non ci sposeremo. Non so nemmeno cosa ti sia preso,» dico.

Lui continua a guardare verso la porta, dandomi più che abbastanza privacy, non rendendosi conto che ho finito di vestirmi. «Credimi, non è stata una mia idea. Mi sto innamorando di Nova.»

«Allora perché vuoi che ci sposiamo noi due!» Non riesco a trattenermi dall'urlargli contro. Per fortuna non c'è nessun altro in casa, o tutti mi avrebbero sentita.

Lui rischia uno sguardo oltre la spalla e quando si rende conto che sono vestita, si volta a guardarmi.

«Dante ha preteso che ti sposassi io invece di Luca. Ti vuole sistemata e non vuole che tu rovini la vita di suo figlio.»

«Wow,» dico, non sapendo se quelle sono parole di Ashton o di Dante.

I preparativi per il matrimonio vanno avanti da mesi.

Perché ora?

Perché questo cambio improvviso?

Luca lo sa?

«Che diavolo è successo, Ashton?» Mi avvicino, pronta a strappargli la risposta a forza se non avrò altra scelta.

«Il padre di Nova ha scoperto di me e sua figlia,» dice Ashton. «Penso che questo sia il suo modo di tenermi lontano da lei.»

È una punizione.

Per tutti noi.

Inclino la testa all'indietro, fissando il soffitto, passandomi le mani tra i capelli con frustrazione. «Non ti sposerò!»

«D'accordo, ma Dante non sarà contento quando camminerai lungo la navata e sarà suo figlio ad aspettarti.»

«Beh, che si fotta! Io...» Chiudo la bocca prima di dire qualcosa di compromettente.

«Tu cosa?» chiede Ashton, scuotendo la testa, aspettando che io mi spieghi meglio.

«Sono stanca marcia di sentirmi dire cosa fare,» brontolo e indico la porta. «Esci dalla mia camera!»

Ashton si avvia verso la porta, la spalanca e mi guarda da sopra la spalla. «Dante non sarà contento.»

«Siamo in due!»

Vado a letto presto, dopo che Zeke si è addormentato profondamente. Il letto caldo mi chiama e io accetto volentieri. Se fosse stato prima durante il giorno, avrei fatto un pisolino, ma sono appena passata le nove e non riesco a tenere gli occhi aperti.

Mi sono appena addormentata quando sento la porta della camera cigolare e aprirsi, e alzo lo sguardo, sollevata di vedere che è Luca e non Zeke che esce di nascosto dal letto.

Farlo passare dalla culla a un letto da bambino grande è stato infernale. Continua a scappare dalla sua stanza dopo che lo metto a dormire, rifiutandosi di andare a letto finché non mi sfinisce.

«Scusa, non volevo svegliarti,» dice Luca mentre inciampa nell'oscurità, frugando nel cassettone prima di arrendersi.

«Va bene, non mi dispiace.»

Lo osservo mentre si spoglia, i suoi vestiti finiscono in un mucchio sul pavimento, e si toglie tutto prima di mettersi a letto con me.

Questa è una piacevole sorpresa.

«Vieni qui,» mormora, tirandomi contro di lui mentre le sue braccia mi circondano la vita, tenendomi stretta.

«Sei nudo,» dico con voce roca, affermando l'ovvio mentre lascio scorrere la mano sulla sua pelle nuda, sfiorando il suo fianco e poi lasciando vagare lentamente la mano giù per il suo stomaco.

«Non riuscivo a trovare i miei boxer,» dice Luca. «Hai risistemato di nuovo i cassetti?»

Ridacchio contro il suo petto.

«Che c'è di così divertente?»

«Non credo che tu abbia fatto il bucato per una settimana, forse due. Tutti i tuoi vestiti sporchi sono nel cesto nell'armadio, compresi i boxer.»

Luca impreca e poi mi bacia sulla fronte. «Bucato domani.»

Sono contenta che non stia scendendo dal letto adesso per iniziare una lavatrice.

Le mie dita accarezzano la sua pelle, scivolando attraverso il suo fianco fino alla schiena, passando sul suo sedere. «Mi piace quando sei a letto con me, nudo.»

Luca sorride e mi dà un dolce bacio sulle labbra. «Quella è la mia battuta, piccola.»

«Peccato che non possiamo condividerla.» Lo tiro contro di me, rotolando sulla schiena, desiderando sentire il suo corpo contro il mio.

«Oh, penso che ci sia molto da condividere.» Le sue labbra sono calde e invitanti, il suo corpo riscalda il mio centro mentre affondo ulteriormente nel materasso sotto la sua pressione.

Lo assaporo, ogni bacio un altro dolce gusto di miele e mandorle mentre mordicchio il suo collo. «Profumi davvero di buono,» sussurro tra i baci mentre gli annuso il collo.

Luca si tira indietro. «Ho usato il tuo shampoo in palestra. Stai solo sentendo il tuo odore, piccola.»

«Non credo.» Scuoto la testa. «Su di te profuma decisamente di più.»

Le sue mani scivolano giù lungo i miei fianchi, trovando l'orlo della mia canottiera, stuzzicando la pelle mentre mi agito sotto le sue attenzioni. «Ti piace,» sussurra, memorizzando ogni dettaglio di me.

«Mi piaci tu,» dico, le guance che si infiammano mentre mi studia come se fossi il suo prossimo esame.

Mi fa scivolare la canottiera sopra la testa ma non la rimuove completamente mentre intreccia le mie mani, legandole con il materiale di cotone. Mantiene una mano con forza sulle mie braccia, inchiodandomi.

«Mi piace *davvero* averti così,» sussurra Luca al mio

orecchio, e un brivido mi attraversa il corpo. «Sapevo che sarebbe piaciuto anche a te.»

I miei capezzoli si inturgidiscono contro di lui, il mio interno pulsando solo per il semplice fatto di essere completamente alla sua mercé.

«È vero,» sussurro, facendogli sapere che gli sto dando il consenso. Gli permetterei di farmi quasi qualsiasi cosa, volentieri. Mi fido così tanto di lui.

«Brava,» sussurra Luca al mio orecchio, e il mio corpo si inonda di calore, i miei occhi si chiudono momentaneamente mentre mi lascio andare alla tentazione.

Gli avvolgo le gambe intorno e sollevo i fianchi contro il materasso, bisognosa di contatto, volendo strofinarmi contro di lui per un po' di piacere prima del piatto principale.

Il mio cuore accelera e il mio interno formicola.

«Mi fa impazzire quando ti concedi completamente a me,» dice Luca. La sua bocca aleggia sopra la mia, e mi sollevo, bramando un altro assaggio.

Non sopporto tutti questi stuzzicamenti. Ho bisogno di più.

Mi fa sentire così dannatamente disperata, come se non potessi mai averne abbastanza quando sono con lui.

Mi tiene intrappolata contro il materasso, le braccia sopra la testa. «Non muovere le mani,» ordina.

Annuisco, seguendo il suo comando.

«Brava,» dice con un sorriso consapevole e mi gira, mantenendo le mie braccia sopra di me ma con lo stomaco contro il materasso.

Mi fa scivolare le mutandine lungo le gambe.

Mi sento esposta.

Vulnerabile.

Ma mi fido di Luca.

«Dio, sei così maledettamente stupenda,» sussurra Luca, e poi sento la sua lingua sulla mia spina dorsale, il calore delle sue labbra e della sua bocca mentre si muove lungo la mia schiena, lasciando baci sulla mia pelle.

Ogni punto che marca sembra bruciare mentre tremo, le mani strette, legate sopra.

«Non combatterlo,» sussurra Luca. «Voglio vederti venire in tutti i modi possibili.»

Gemo; il suo respiro, le sue parole, sono sufficienti a far trasformare il mio interno da un caldo formicolio a una pulsazione sorda, bramando il contatto.

«Hai intenzione di scoparmi?» chiedo, la mia voce che mi tradisce mentre suona roca e cruda.

«Solo se me lo chiedi gentilmente» dice Luca, e le sue labbra mordicchiano il mio fianco. Una mano tiene le mie braccia sopra la testa, l'altra si muove verso le mie pieghe mentre allargo le gambe, e mio Dio, quest'uomo sa davvero come usare quelle dita.

«Cazzo» mormoro, allargando di più le gambe, desiderando che lui soddisfi quel dolore sordo.

Giuro di poter sentire il sorriso sul suo viso. «Sei così perfetta per me» sussurra Luca, e io gemo quando sento il contatto svanire dalle mie mani. «Non muoverti» ordina.

Guardando oltre la mia spalla, vedo che si sta spostando sul letto, guidando i miei fianchi verso l'alto mentre fissa il mio sedere, o forse è la mia figa che sta ammirando.

«Hai guardato abbastanza?» lo fisso male, e lui ridacchia.

«Non ci sono nemmeno vicino. Amo semplicemente ogni parte di te» ammette Luca, e un lungo dito scivola sul mio orifizio posteriore.

«Cosa stai...» Sfiora la pelle ma non infila il dito. «Voglio reclamarti qui.»

Il respiro mi si blocca in gola, nervosa, lo stomaco un turbinio di farfalle. «Non ho mai...»

«Non stasera» dice, e le sue dita circondano il mio sedere mentre mi contorco, incerta se spingerà oltre il mio piccolo orifizio o mi tormenterà fino all'oblio, rendendomi eccitata ma nervosa. «Quando saremo sposati.»

Si sposta sul materasso, guidando la sua testa tra le mie gambe e poi mi abbassa mentre la sua lingua fuoriesce, leccando la mia vagina, assaggiando i miei umori mentre infila la lingua nella mia umidità.

So che sono già bagnata per lui, l'evidenza è sulla sua lingua mentre lecca la mia eccitazione, la sua lingua che si muove dalle mie pieghe fino al clitoride.

Ad ogni passaggio della sua lingua, divento più irrequieta. Allento i vincoli dalla canottiera e libero le mani, intrecciando le dita nei suoi capelli, avendo bisogno di toccarlo, di sentirlo, di avere un qualche parvenza di controllo.

La mia vagina pulsa, avendo bisogno di più che solo la sua lingua.

Non riesco a raggiungere il suo cazzo, e gemo in segno di protesta. «Voglio scoparti» piagnucolo, lasciando che le mie dita accarezzino i suoi capelli e scendano sul suo collo.

Lui allenta la presa sui miei fianchi e sposta la bocca verso l'interno della mia coscia, dando un morso giocoso mentre io squittisco e lo allontano con uno schiaffo.

«Niente morsi laggiù!» ringhio, ma non mi ha fatto male.

Mi ha solo sorpresa.

Luca sorride e mi tira sopra di lui, il mio corpo che si schianta sul suo. «Certo, non ti negherei mai alcun piacere, mai.»

«Ovviamente, non lo faresti quando coinvolge anche il tuo piacere.» Sorrido e poi scendo lungo il suo corpo, il mio pollice che stuzzica la testa del suo cazzo mentre osservo i suoi occhi che faticano a rimanere aperti.

Mi guarda intensamente mentre mi abbasso e trascino la lingua lungo la sua asta.

Le sue dita si intrecciano nei miei capelli mentre lascio che la mia lingua avvolga la sua punta e poi porto le labbra lungo la sua lunghezza, prendendolo in bocca.

«Sì, proprio così.» La sua voce è ruvida e cruda, piena di lussuria.

Giuro di sentirlo ringhiare.

«Continua così» brontola mentre sento il primo assaggio di umidità luccicare dalla punta.

La sua mano mi accarezza i capelli, stringendomi di più mentre lo prendo più profondamente in gola. «Lo prendi così bene.»

Alzo lo sguardo, i miei occhi luccicanti mentre lui fatica a mantenere lo sguardo su di me.

È vicino e mi strappa via, annaspando per respirare, ansimando forte, mentre lotta per calmarsi.

Allunga la mano verso il comodino, prende un preservativo e strappa la bustina di alluminio, infilandoselo subito.

Le mani di Luca sono sui miei fianchi mentre guido la sua asta dentro di me, e cazzo, è una sensazione incredibile.

Le mie mani artigliano il suo petto, accarezzando la pelle mentre muovo i fianchi contro i suoi con ogni spinta lenta e prolungata.

«Sei così fottutamente incredibile» rantola Luca.

La mia testa si inclina all'indietro, il corpo si inarca mentre lo cavalco, strofinando il clitoride contro di lui, facendo iniziare al mio corpo la prima ondata mentre tremo tra le sue braccia.

Luca solleva i fianchi, eguagliando la mia intensità mentre il mio interno si stringe e ha spasmi sul suo cazzo.

«Cazzo sì, vieni per me, Harper» mormora, e giuro che il mio corpo è in fiamme, pronto a esplodere.

Un gemito ruggisce attraverso di me, le dita dei piedi si arricciano e l'interno trema, stringendosi, prendendo tutto ciò che ha da offrire mentre mi inarcò nell'orgasmo.

Luca muove i fianchi con i miei, mettendosi seduto di fronte a me, i suoi movimenti rallentano appena mentre spinge e sfrega i suoi fianchi contro i miei.

Cazzo.

Quello che pensavo fosse un orgasmo decente è un milione di volte più intenso mentre dilania ogni centimetro del mio corpo, come una stella che esplode nella notte più buia.

Luca mi guarda dritto nell'anima, e le sue labbra catturano le mie, mettendo a tacere l'urlo di piacere che mi squarcia.

Il suo corpo si irrigidisce contro di me, e continuo a muovere i fianchi, più veloce e più forte, sapendo esattamente ciò che desidera.

Ansimando, le mie labbra stuzzicano il suo orecchio. «Vieni per me, Luca,» sussurro con voce rauca. «Sei così dannatamente incredibile.»

È vicino, e il ringhio che emana dal fondo della sua gola mi dice che ci è quasi.

La bocca di Luca copre la mia, spingendo la lingua oltre le mie labbra, bevendomi, rubandomi il respiro mentre il suo corpo si tende e trema, riversandosi dentro di me.

Il mio cuore batte selvaggiamente contro il petto e, districandomi, mi sdraio sul materasso mentre lui getta il preservativo nel cestino vicino.

Luca crolla accanto a me, ansimando. «Cazzo, mi farai morire.»

Un sorriso malizioso si allarga sul mio viso. «Sei tu quello che è venuto a letto nudo.»

«Ne è valsa assolutamente la pena,» dice Luca. Mi attira tra le sue braccia mentre mi sdraio con la schiena contro il suo petto.

«Il tuo cuore sta per scoppiarti dal petto,» sussurro, sentendolo battere contro la sua cassa toracica.

«È quello che mi fai,» sussurra, baciandomi la spalla. «Sono l'uomo più fortunato al mondo.»

«Perché?» Mi volto a guardarlo, sorridendo. Il mio corpo vibra e arde per il calore tra noi.

Le dita di Luca accarezzano il mio fianco, il suo tocco leggero come una piuma. «Perché posso sposarti.»

Non passa molto tempo prima che il respiro leggero di Luca mi solletichi il collo. Non si muove, la sua presa su di me si rilassa, ma non allenta.

Non riesco a dormire.

Non è per mancanza di tentativi.

Con riluttanza, mi districo dal suo abbraccio, attenta a non spaventarlo.

Raccolgo i miei vestiti dal pavimento, la canottiera e le mutandine. Poi prendo i suoi pantaloni della tuta perché non ho pigiami a portata di mano.

Indosso i suoi pantaloni. Non gli importerà, o non se ne accorgerà nemmeno. Sono silenziosa mentre esco dalla camera da letto, attenta a non svegliarlo.

Mi dirigo in cucina per prendere un bicchiere d'acqua. Sono assetata e bevo l'intero bicchiere in un sorso. Prendo la caraffa dal frigorifero per riempire nuovamente il bicchiere e sento dei passi dietro di me.

Con una rapida occhiata oltre la spalla, vedo che è Ashton.

Indossa pantaloni della tuta e una maglietta bianca che gli aderisce al corpo. I suoi capelli sono arruffati, come se avesse passato rudemente le dita tra le punte, o forse è stata Nova… meglio non chiedere.

«Non riesci a dormire?» Indovino, supponendo che sia per questo che è sveglio e mi sta raggiungendo in cucina.

«Non con i suoni che facevi,» dice Ashton, facendomi sobbalzare.

Bevo un altro sorso, sperando di raffreddare le mie guance arrossate.

«Merda. Hai sentito?»

«Tutto il quartiere vi ha sentito.»

Ashton si avvicina, invadendo il mio spazio personale.

«Devi proprio cercare di convincere Luca che lo ami con una recita del genere,» dice.

«Non era una recita.»

I suoi occhi si stringono mentre mi studia. «Non ti credo.»

Bevo un altro sorso d'acqua. «Non mi interessa cosa credi. Non ha importanza per me.»

Luca sa che quello che abbiamo è reale. Non devo convincere *lui*.

«Andiamo, Harper. Non devi mentirmi. Eri *davvero rumorosa* là dentro.» Ashton indica la mia camera da letto. «Una ragazza non fa quei tipi di suoni a meno che non stia cercando davvero di sembrare convincente.»

«Il tuo migliore amico mi ha fatto vedere le stelle,» dico, guardando Ashton dritto negli occhi. «Non che siano affari tuoi.»

Ashton si appoggia al bancone. «Sto solo dicendo che l'offerta per il matrimonio è ancora valida. C'è ancora tempo per scegliere...»

«Stai seriamente suggerendo che dovrei sposarti?» Perché sta tirando fuori di nuovo questa idea assurda?

«Non devi decidere fino al giorno del matrimonio,» dice Ashton.

«Non ti sposerò, Ashton. Non mi piaci nemmeno così tanto.»

«Ahi.» Si porta una mano al cuore. «Sto solo cercando di salvare Luca, di aiutarlo.»

Faccio un passo indietro, urtando il frigorifero. Non capisco come la sua offerta di sposarmi possa aiutare Luca. «Come sarebbe?»

«Andiamo, Luca non ha mai voluto figli. Ti ha offerto di sposarti solo per proteggerti da suo padre.»

«E quello che stai facendo tu è così diverso?» Fulmino Ashton con lo sguardo. «Hai una fidanzata!»

Alza la mano, un dito contro le labbra, avvertendomi di fare silenzio.

Non è che abbia detto chi sia la sua fidanzata, ma Nova non sarebbe felice se sposassi il suo ragazzo. «È questo il tuo modo di troncare con lei, Ashton? Perché è un modo davvero schifoso di chiudere una relazione.»

Ashton si avvicina. «Abbassa la voce,» sussurra. «E no. Mi piace davvero *lei*.

Pensavo di essere relativamente silenziosa, ma annuisco, accettando di non svegliare tutta la casa. L'ultima persona che voglio svegliare è Zeke. Ci metterei un'eternità per rimandarlo a letto, e si sveglierà già all'alba.

«Allora smettila di provarci con me e vai a letto,» sbotto, indicando la direzione della sua camera.

«Sto cercando di aiutarti, ma chiaramente non riesci a capirlo. Luca tiene a te, farebbe qualsiasi cosa per te, ma vuoi davvero legarlo a una famiglia quando non è innamorato di te?»

Stringo la mascella, con le labbra serrate mentre fisso Ashton.

Non sta aiutando la sua causa.

Non è che io e Ashton siamo innamorati.

«Dante ha accettato che. se ti sposo, sarai al sicuro. Lascerà in pace te e Zeke.»

«E Luca? Sarà comunque costretto a lavorare per suo padre?» È l'unica leva che ho ancora: cercare di liberare Luca dalle grinfie di suo padre, concedergli la libertà.

«Dante non lascerà mai che suo figlio sia libero dalle responsabilità familiari. Dai, le possibilità che Luca venga selezionato sono praticamente nulle. È quasi impossibile, viste le sue statistiche. È un ottimo giocatore, ma non abbastanza da diventare professionista. È per questo che suo padre ha accettato la clausola della NHL come eccezione. Non crede che ce la farà mai in nessuna squadra professionistica.»

«E tu?» chiedo, fissando Ashton. «Pensi che ce la farà nella NHL?»

Le spalle di Ashton si abbassano. «Penso che sia una fantasia. Può certamente provare a entrare nel draft, ma giocare da professionista, è quello che tutti sogniamo.»

«Non ti sposerò,» ribadisco. Finisco l'ultimo sorso d'acqua e metto il bicchiere vuoto nel lavandino.

«Potrei convincere Dante a pagare l'istruzione di tuo figlio e tutto ciò di cui Zeke ha bisogno se accetti di sposarmi.»

«Non puoi comprarmi, Ashton. Non sono in vendita.»

«Che succede?» La voce di Luca vibra attraverso la cucina mentre entra, sexy e assonnato allo stesso tempo. Almeno indossa dei pantaloni della tuta, anche se non quelli di oggi dato che glieli ho rubati.

Probabilmente li ha presi dal cesto dei panni sporchi.

Il mio sguardo però è fisso sul suo petto nudo, e non riesco a distoglierlo. Ogni muscolo del suo corpo si tende ferocemente.

«Stavo solo andando a letto,» dice Ashton, cercando di passare accanto a Luca.

Luca afferra Ashton per la maglietta, impedendogli di passare. «Che storia era quella di comprare la mia ragazza?» ringhia al suo migliore amico.

Appoggio una mano sul braccio di Luca, cercando di calmarlo. «Tuo padre sta solo cercando di interferire nel nostro matrimonio. Non preoccuparti,» dico, depositando un dolce bacio sulle sue labbra.

Lui lascia andare Ashton con riluttanza, allentando la presa, ma non gli permette di lasciare la cucina, bloccandogli l'uscita.

Luca lancia un'occhiataccia ad Ashton e poi mi fissa. «Questo non mi fa sentire meglio, sapere che Dante si sta intromettendo. Dimmi cosa sta succedendo,» esige Luca.

SEDICI

LUCA

Il mio letto sembra vuoto questa mattina, e mi sveglio all'alba, che è decisamente troppo presto. Allungo la mano verso il telefono; non ci sono ancora nuovi messaggi da Harper.

Harper ed io abbiamo concordato che la notte prima del matrimonio l'avremmo trascorsa separati. Io sarei rimasto dai miei genitori, e lei sarebbe arrivata con Kensley e Zeke sabato mattina.

Mi sono offerto di andarla a prendere, ma lei ha insistito che voleva seguire la tradizione secondo cui lo sposo non vede la sposa prima del matrimonio.

Non sapevo che Harper fosse superstiziosa.

Sembra che ci sia ancora molto da scoprire su di lei. E sebbene io abbia fatto del mio meglio per non tenerla a distanza, ultimamente non ci siamo visti molto.

È colpa di entrambi.

Harper è stata impegnata con gli studi e suo figlio, Zeke.

Zeke è un lavoro a tempo pieno quando si tratta di sere e weekend. Se riesco a passare qualche minuto accoccolato sul divano con Harper, Zeke le ruba sempre l'attenzione da me.

Non avrei mai immaginato di dover competere con un bambino di due anni per ricevere attenzioni.

Ma capisco, Zeke è suo figlio. Sto cercando di non essere geloso, ma a volte è difficile quando lei passa più tempo con lui che con me.

Non è solo colpa sua. Sono stato impegnato con la squadra di hockey, l'azienda di mio padre e gli studi.

Odio il fatto che non abbiamo corsi insieme questo semestre. I nostri orari sono tutti sparsi, in direzioni opposte nel campus. Non riesco nemmeno ad accompagnarla a lezione, non che non voglia, ma non sono riuscito a trovare il tempo. Non posso essere in due posti contemporaneamente.

Ho cercato di passare un po' più di tempo con Zeke, ma lui sceglie sempre sua mamma invece di me.

Non che biasimi il piccolo, lei è una scelta più gradevole.

Sa sempre come farlo ridere.

Adoro la sua risata. Mi fa pensare che un giorno, forse, potremmo avere un bambino nostro, un fratellino o una sorellina per Zeke.

Ma non oggi.

Dopo l'università.

Quando saremo entrambi pronti per quel tipo di impegno.

La cosa del matrimonio è già abbastanza da affrontare a capofitto quando entrambi non siamo pronti.

Ma lo sto facendo per *lei*.

Ogni momento che sono sveglio, penso a Harper, chiedendomi se posso davvero tenere lei e Zeke al sicuro da mio padre, dal mondo là fuori.

Potrei persino essermi innamorato di lei, ma non ne sono sicuro.

Non sono mai stato veramente innamorato.

Ho provato attrazione per le ragazze, ma l'amore, non posso dire di sapere al cento per cento cosa si prova.

Tuttavia posso dire con certezza che sono nella fase iniziale dell'amore. Che senza Harper, mi sentirei vuoto. E che sebbene sia terribilmente nervoso per il nostro matrimonio oggi, so senza dubbio che sto facendo la cosa giusta.

Devo tenere lei e Zeke al sicuro.

Guardo il mio cellulare. L'ultimo messaggio di Harper è stato ieri sera, quando mi ha scritto, *Buonanotte. Ci vediamo domani.*

È un messaggio semplice. C'era anche un'emoji a forma di cuore, che mi ha fatto sorridere, perché quella ragazza ha un modo di far volare il mio cuore.

Amore, però, non ne sono sicuro.

Mi sto sicuramente innamorando di lei.

Senza dubbio, sono felice che sia lei la ragazza che sposerò. Se proprio dovevo sposarmi per forza, allora sono contento sia Harper.

Mi costringo ad alzarmi dal letto, sapendo che sarà una lunga giornata. Speriamo una bella giornata.

Mando un messaggio a Harper. Probabilmente è impegnata con Zeke questa mattina, o se è fortunata, sta ancora dormendo.

Non vedo l'ora di vederti, mogliettina.

Premo invio e poi mi pento della scelta di *mogliettina.*

La sto prendendo in giro.

Sto scherzando.

Spero che lo veda in questo modo e non si innervosisca.

È troppo tardi, il messaggio è già stato inviato.

Non c'è ancora la conferma di lettura, quindi indosso un paio di pantaloni di tuta e una maglietta e scendo a prendere la colazione e il caffè di cui ho tanto bisogno.

Non ho esattamente bisogno della scossa di caffeina con il mio cuore che già galoppa, ma è la familiarità che sto cercando, e senza Harper qui questa mattina, dovrà bastarmi.

Ashton ha passato la notte qui ieri, e anche se vorrei odiarlo per aver cercato di rubarmi la fidanzata, sono più arrabbiato con Dante.

Il mio migliore amico non avrebbe mai suggerito di sposare Harper se Dante non gli avesse dato un ordine, e Ashton è uno che segue rigorosamente la catena di comando.

Beh, al diavolo Dante.

Io sposerò Harper.

Ieri sera, Ashton mi ha offerto di portarmi in uno strip club per il mio addio al celibato, ma il pensiero di una donna sconosciuta che struscia contro di me, ballando in modo provocante, non ha suscitato in me nemmeno un accenno di desiderio.

A meno che quella ragazza non sia Harper, ma Kensley ha passato la notte a casa nostra, e non c'era alcuna possibilità che Harper si presentasse al complesso per farmi una lap dance e uno spogliarello.

Così, abbiamo trascorso la serata insieme, bevendo e raccontandoci storie.

Moreno e Dante si sono uniti a noi per bere birra verso le nove di ieri sera, l'umore molto più allegro di quanto mi sarei aspettato con quei due.

E mentre mi sarebbe piaciuto avvicinarmi alle spalle di Dante e tagliargli la gola per aver rovinato la mia vita amorosa, devo dare merito all'uomo per essersi effettivamente preoccupato per me.

Suppongo ci sia una prima volta per tutto.

Ma quello era ieri sera, e ora la casa è relativamente silenziosa mentre il sole sorge all'orizzonte.

Dormire fino a tardi questa mattina non sarebbe stato possibile, non con i pensieri del matrimonio e di Harper che mi frullavano per la mente.

Ho lasciato il telefono di sopra sul letto. Se Harper mi manda un messaggio, non lo vedrò.

Il timore è come una pietra enorme nel mio stomaco, sono preoccupato che possa succederle qualcosa durante il tragitto.

Vorrei andarla a prendere, accompagnarla qui, per sapere che è al sicuro, ma lei ha insistito sul fatto che non dovessimo vederci fino a quando non cammineremo lungo la navata.

Odio che sia superstiziosa, ma mancano solo poche ore al nostro matrimonio.

Signore e Signora Ricci.

Lei prenderà il mio cognome.

Il suono di ciò fa battere più veloce il mio cuore.

Mi verso una tazza di caffè, e Ashton arriva barcollando lungo il corridoio verso la cucina.

«Buongiorno,» mormora Ashton, mezzo addormentato.

Ha l'aspetto di come mi sento io, come se non avesse dormito abbastanza.

Continuavo ad avere sogni sul matrimonio, su Zeke, su Harper e sulla mafia. Mi sembrava di non aver dormito affatto, ma sono sicuro di aver comunque riposato qualche ora.

Sorseggio il mio caffè e mi faccio da parte per permettere ad Ashton di prendere una tazza.

«Sai se i genitori di Harper saranno al matrimonio?» chiede Ashton.

Aggotto la fronte, incerto sul perché mi stia chiedendo dei suoi genitori. «Non sono sicuro. Non credo che lei lo sappia. Mi ha accennato l'altra sera che gli ha lasciato un messaggio, ma non l'hanno richiamata.»

«Non hanno confermato la presenza?» chiede.

Mi gratto la nuca. «Mia madre si è occupata delle conferme, quindi non lo so con certezza.»

«Tua madre ha organizzato il tuo matrimonio?» Ashton sorride con aria compiaciuta, versandosi una tazza di caffè. «Wow. Sei davvero un mammone.»

«Ti ammazzo,» ringhio, scattando verso di lui, e Dante esce a grandi passi dalla cantina e gira l'angolo entrando in cucina, sentendomi.

«Non lo farai,» dice Dante con tono risoluto. «Voi due dovreste andare d'accordo.» Avvolge un braccio attorno alle mie spalle e l'altro attorno a quelle di Ashton.

Giuro che mio padre vede sempre più Ashton come un figlio. Probabilmente è per questo che ha suggerito che fosse Ashton a sposare Harper.

Le mie spalle si irrigidiscono con il suo braccio attorno. Tutto questo è innaturale.

«Sarà una giornata memorabile questo pomeriggio con il matrimonio. Non vedo l'ora,» dice Dante, e un sorriso sardonico gli attraversa il volto.

Scommetto che non vede l'ora, pensando che sarà Ashton a sposare Harper invece di me.

Al diavolo Dante.

Forzo un sorriso, non lasciandogli capire che sono perfettamente consapevole del suo subdolo piano. Preferisco vedere la sua espressione inorridita quando Harper ed io ci scambieremo le promesse.

Sarò maledettamente felice, solo per fare un dispetto a mio padre.

Ashton sembra leggermente sconvolto e appoggia sul bancone la tazza che ha appena riempito. Almeno so che non ha rivelato a mio padre di avermi svelato il suo segreto.

Dante non sarebbe così indulgente. Probabilmente è per questo che Ashton terrà la bocca chiusa. È abbastanza intelligente da sapere che non deve far arrabbiare il don, specialmente la mattina del matrimonio di suo figlio.

Dante forza un sorriso prima di allontanarsi dalla cucina. «Non mettetevi nei guai, voi due, e niente omicidi prima del matrimonio.»

Ashton mormora qualcosa che suona come una minaccia a Dante, cosa che mi sorprende da morire, ma forse sta ancora imprecando contro di me per averlo minacciato.

Lo ignoro mentre sorseggio il mio caffè e osservo mentre lui prende la sua tazza e la versa nel lavandino.

«Andrà tutto bene,» dico, fissando Ashton.

«Sì, beh, ho appena perso l'appetito,» brontola.

Sorseggio il mio caffè, la spinta extra di adrenalina mi mantiene vigile dopo una notte difficile passata senza Harper accanto a me.

Non avrei mai immaginato quanto avrei potuto dipendere da qualcun altro, e non oso ammetterlo, ma mi sto innamorando di lei.

Ci sono cose peggiori al mondo che amare la persona che stai per sposare.

Sono vestito con lo smoking su insistenza di mio padre. Per me sarebbe andato bene un completo normale per il matrimonio. Lo smoking è un po' soffocante. Non aiuta il fatto che ho dovuto dare le misure, ma non l'ho effettivamente provato fino a oggi.

Mi sta bene, meglio di quanto pensassi, ma questo non significa che mi ci senta a mio agio.

Ashton mi tiene compagnia mentre guardo il mio cellulare, ancora una volta.

«Ancora niente da Harper,» dico.

Il mio stomaco sta facendo delle capriole, e allento il papillon, sentendolo costrittivo.

Ho bisogno di respirare.

Mi affretto verso una finestra, aprendola, lasciando entrare la fredda brezza di febbraio nella camera da letto.

«Dammi quello,» dice Ashton, togliendomi il telefono.

«E se lei cercasse di contattarmi?» Lo guardo male, cercando di riprendere il mio telefono mentre lui se lo nasconde dietro la schiena.

«Sono sicuro che è già qui, probabilmente si sta mettendo il vestito o si sta truccando.» Ashton è la voce della ragione.

Manca meno di un'ora a quando dovremmo camminare lungo la navata.

«Puoi andare a controllare, per favore?» Sto fremendo dalla preoccupazione.

Non ho sentito un suono da Zeke. Non ha nemmeno fatto irruzione nella camera da letto giocando alla sua versione personale di nascondino.

Anche se Harper probabilmente sta impedendo che succeda dopo quello che ha visto a casa dei miei genitori.

«Sì, tu resta qui. D'accordo?» mi dice Ashton, e io annuisco, mordendomi il labbro inferiore per la preoccupazione.

La mia camera da letto dà sul cortile interno, il che significa che non posso nemmeno vedere quando Harper arriverà, non che abbia un'auto.

Ha insistito per prendere l'autobus.

Avrei dovuto accompagnarla io, al diavolo le sciocche superstizioni. Almeno saprei che è al sicuro.

Ashton è via da un po'.

Troppo, a dirla tutta.

Mi lascia con troppi pensieri, e lui ha ancora il mio telefono, quindi non posso nemmeno mandarle un messaggio per dirle che sono preoccupato perché non ho sue notizie.

Faccio una smorfia. Non voglio essere controllante e opprimente, come Dante. Ho giurato che non sarei mai diventato come mio padre, che non avrei mai avuto figli, che non mi sarei mai sposato.

Guardando il mio riflesso nello specchio, ho paura dell'uomo che sto diventando.

Cinque minuti diventano dieci.

Vorrei mettere a soqquadro l'intera tenuta per cercare Harper, ma ci vuole grande autocontrollo per restare nella mia camera. Se sta vagando per la casa, non voglio imbattermi in lei.

Beh, in realtà lo, vorrei, ma sto cercando di rispettare i suoi desideri.

Guardo l'orologio. Sono quasi venti minuti da quando Ashton è andato a cercare Harper.

Quella pietra nel mio stomaco si sta trasformando in un macigno.

Ashton non è tornato, ma forse sta aiutando Harper con Zeke. Non riesco a immaginare il piccolo entusiasta di stare fermo abbastanza a lungo da indossare abiti eleganti.

C'è un leggero colpo alla porta.

«Avanti.»

In silenzio, prego che sia Harper.

La maniglia gira, e Kensley si intrufola nella mia stanza. È vestita di viola scuro con un bordo di pizzo nero lungo l'orlo. Il vestito le sta bene, e il fatto che sia qui significa che deve esserci anche Harper, dato che sono venute insieme in autobus.

Emetto un sospiro di sollievo.

«Sei qui.»

Perché se Kensley è qui, allora Harper si sta preparando, nascosta in un'altra stanza, probabilmente quella di mia madre, facendo gli ultimi preparativi per camminare lungo la navata.

«Sì,» dice Kensley. I suoi occhi brillano, ma sento come se stesse trattenendo qualcosa.

Ha un foglietto di carta piegato nelle mani.

«Sono i voti?» chiedo, guardando le sue mani, chiedendomi perché li abbia lei, a meno che non li stia tenendo per Harper in modo che non vengano persi o dimenticati. «Posso vederli?» chiedo, sapendo che non dovrei, ma non avevo scritto alcun voto. Non era qualcosa di cui avevamo parlato, ma a venti minuti dall'inizio del matrimonio, sto lentamente iniziando a farmi prendere dal panico.

In verità, sono stato in preda al panico tutta la mattina, preoccupato per Harper.

Ma vedere Kensley ha attenuato queste paure.

«Hai scritto i voti?» chiede Kensley, tenendo il foglio nelle sue mani.

Non me lo sta consegnando.

Non posso dire di essere sorpreso. È la migliore amica di Harper. Farebbe qualsiasi cosa per lei.

Le farfalle nervose sono tornate, ma almeno il macigno sembra essersi notevolmente ridotto. «Immagino che avrei dovuto. Posso dare un'occhiata?»

Kensley avanza nella stanza, appoggiandosi alla cassettiera, fissandomi con un leggero sorriso.

«Perché stai sposando la mia migliore amica?» chiede. Inclina la testa di lato, aspettando che risponda.

Dobbiamo davvero fare questo adesso?

«Perché la amo,» dico, e le parole suonano molto più convincenti di quanto io stesso mi aspettassi. La amo davvero, o almeno sono nelle prime fasi dell'amore, ma farei qualsiasi cosa per Harper, e... questo non è forse amore?

C'è così tanto che non posso dire a Kensley.

Ashton spalanca la porta; sembra piuttosto alterato e poi fissa Kensley con uno sguardo furioso. «Tu sei qui?»

«Certo, è il matrimonio della mia migliore amica,» dice lei, poi dà un'occhiata all'orologio dietro di me.

Qualcosa sembra *strano.*

Ashton chiude la porta alle sue spalle con forza e si precipita verso Kensley. «Dove diavolo è Harper?»

Lei fa una smorfia e si protende in avanti, porgendomi il foglio piegato.

«Non sono i tuoi voti,» dice, sfiorandomi la mano. «Ma forse è meglio che tu lo legga da solo.»

«Tu non vai da nessuna parte,» ringhio, strappandole il foglio dalla mano e aprendolo velocemente.

È sicuramente la sua calligrafia. La riconosco da tutti gli appunti che prendeva in classe, il che mi fa sentire ancora più male.

Stringendo la mascella, respiro dal naso, cercando di non crollare, perché qualunque lettera mi stia dando, non può essere un buon segno. Nessuno scrive una lettera d'amore al proprio partner il giorno del matrimonio, a meno che non siano i voti.

E questi certamente non sono i voti nuziali di Harper.

Luca,

Mi dispiace. Ti prego di perdonarmi per tutto. Non ho mai voluto farti del male. Ma non posso sposarti. Non oggi. Non quando tu non ami né me né Zeke. Costringerci a sposarci è un errore. Entrambi sappiamo che l'unico motivo per cui hai accettato era proteggermi. Ora tocca a me proteggere te. Per favore non venire a cercarmi. Lasciami andare. Ti sto liberando.

Harper

Sento l'aria uscire dai miei polmoni. Per fortuna il letto è dietro di me quando ci collasso sopra, leggendo la lettera una volta, due volte, tre volte.

«Mi ha lasciato, cazzo.»

Continua...

Scopri cosa succede dopo in *Tra Fuoco e Gelo* (Ghiaccio Cremisi - Libro Tre).

Tradimento infuocato. Vendetta gelida.

Una storia d'amore che non sarebbe mai dovuta accadere...

. . .

Nova è sempre stata off-limits, Luca lo ha reso chiaro a ogni giocatore della squadra. Sua sorella minore. Regole sue.

Ma Ashton Rinaldi sembra non curarsene... e la scintilla tra loro sta già bruciando fuori controllo.

E questo non è l'unico segreto tenuto nascosto a Luca...

Liam ha trascorso questo semestre immerso nell'hockey, allenandosi più duramente, spingendosi oltre, determinato a crearsi un futuro. Ma quando Luca gli chiede un favore, tutto cambia.

Perché Bristol Greyson è tornata.

La ragazza del passato di Liam, quella legata a ogni errore che aveva giurato di dimenticare. E suo padre,

Kyler Greyson, ora possiede gli Ice Dragons della NHL.

Luca vuole essere presentato.

Il draft della NHL è imminente.

Ma Luca è pronto per la pressione...

Tra fuoco e gelo, le lealtà si frantumano, i segreti si sciolgono e il desiderio minaccia di consumare tutto ciò che trova sul suo cammino.

L'AUTORE

Willow Fox ama la scrittura da quando ancora andava al liceo (molte ere fa). I suoi romanzi ambientati in provincia, riflettono la vita delle piccole città dell'America rurale.

Che stia scrivendo romanzi romantici o seduta all'aperto accanto al fuoco a leggere un buon libro, Willow adora le pagine colme di parole di scritte.

Sogna il colpo di fulmine e spera di riuscire a farlo scattare nei suoi lettori!

Visita il suo sito web:

https://shopwillowfox.com

ALTRO DA WILLOW FOX

Eagle Tactical Series

Svelato: Jaxson

Invisibile: Mason

Nascosto: Lincoln

Infiltrato: Jayden

Matrimoni Di Mafia

Voto Segreto

Voto Prigioniero

Voto Selvaggio

Voto Non Voluto

Voto Spietato

Fratelli Bratva

Boss Brutale

Boss Diabolico

Boss Possessivo

Boss Ossessivo

Boss Pericoloso

Padre Single Autoritario

Il Burbero Miliardario

Burbero di Montagna

Il Burbero Scapolo

Romance degli Ice Dragons

Fingere con il Miliardario

Sfidare il Giocatore di Hockey

Arrestare il Giocatore di Hockey

Ghiaccio Cremisi

Tra Lame e Sangue

Tra Ghiaccio e Giuramenti

www.ingramcontent.com/pod-product-compliance
Lightning Source LLC
La Vergne TN
LVHW100511110826
845146LV00002B/599

9798886373127